唐诗九讲
TANG
POEMS

U0132119

胡云翼

著

新世界出版社
NEW WORLD PRESS

图书在版编目（CIP）数据

唐诗九讲 / 胡云翼著. -- 北京：新世界出版社，
2024.5
ISBN 978-7-5104-7938-0

Ⅰ.①唐… Ⅱ.①胡… Ⅲ.①唐诗—诗歌研究 Ⅳ.
①I207.227.42

中国国家版本馆CIP数据核字（2024）第 075829 号

唐诗九讲

作　　者：胡云翼
责任编辑：曲静敏
责任校对：宣　慧　张杰楠
责任印制：王宝根
出　　版：新世界出版社
网　　址：http://www.nwp.com.cn
社　　址：北京西城区百万庄大街 24 号（100037）
发 行 部：(010)6899 5968（电话）　(010)6899 0635（电话）
总 编 室：(010)6899 5424（电话）　(010)6832 6679（传真）
版 权 部：+8610 6899 6306（电话）nwpcd@sina.com（电邮）
印　　刷：天津旭丰源印刷有限公司
经　　销：新华书店
开　　本：880mm×1230mm　1/32　尺寸：145mm×210mm
字　　数：92 千字　　　　　印张：4.5
版　　次：2024 年 5 月第 1 版　　2024 年 5 月第 1 次印刷
书　　号：ISBN 978-7-5104-7938-0
定　　价：38.00 元

目 录

第八讲　唐诗的第四时期——晚唐
（开成初至天佑三年，凡七十余年）

第九讲　唐代妇女的诗

第一讲

古今对于唐诗的误解

　　谚语有云："唐诗晋字汉文章。"我们在儿童时代，便已听惯念惯了。无论你去问谁："什么诗好呀？"他必毫不迟疑地回答："唐诗好！"你去请教作诗的人："先生学什么诗？"十人中有九人，要回答说："学唐诗。"只要沾染一点名士气的人，总是以习唐诗自鸣其高。你如其称赞你朋友的诗，必得说："老兄的诗，大有唐人风味。"假如你说："大有宋人风调。"在你虽是好意的批评，在作者也许要疑你是侮辱他了。叶燮《原诗》云："自不读唐以后书之论出，于是称诗者必曰唐诗，苟称其人之诗为宋诗，无异于唾骂。"记得有一本诗话载一段故事："某秀才评一士人诗，击节叹赏曰：'此宋诗也。'士人闻之大愤，立挥以拳。秀才大惊问故：'何无故以非礼相加？'士人说道：'君诋我诗为宋诗，非辱我乎？'秀才始哑然。"这固然是一段笑话，其实在文学史上，宋诗的地位，也绝不如是的低。明清诗坛，往往有奉宋诗为正宗者，甚至有讴歌宋诗的地位还在唐诗之上者。但自从"唐诗"二字成了民众的口头禅，因是常人脑里只知有"唐诗"，而不知有宋诗及其他了。唯其"唐诗"成了几百年来传统的口号，人人随口相传，不去追求唐诗的根本意义，而唐诗的真意义、真价值，便在其中埋没了。在常人看来，唐诗在诗史上是占着"最好"和"最盛"的两个意义。这种误解，不能不先纠正一下：

（一）唐诗是最好的吗？

认唐诗是较各时代的诗为最好的，不仅常人如此，即在研究文学的专家，也往往有此误解。去年某大学入学考试的国学常识测验，就有这样一个题目："中国诗歌以哪个时代为最好呢？唐诗？宋诗？明诗？清诗？"在这个题目的涵义，是认定中国有一个时代的诗是超越一切时代的，那么，这个题目的答案只有写唐诗了。但是唐诗果然是超越一切时代而为最好的吗？要想回答这个问题，必须加以分析地研究：

如说凡唐诗都是最好的，这句话便犯笼统武断的毛病，自然说不通。古诗如《古诗十九首》《孔雀东南飞》，无论怎样丧心病狂的人，也不能不说是好诗，不能说其价值在唐诗之下。即就唐诗内容论，若是仅仅读过《唐诗三百首》或《唐人万首绝句选》，自然觉得唐诗没有一首不佳妙。要知道这是沙里淘金了。我们读过《全唐诗》，便深知在四万多首唐诗里面，实在有多少不是好诗，或竟不成诗。那些应制诗和乐章诗不用说了。在那些缜密精审的选本上面亦往往有不可读的诗。例如曹唐诗云：

年少英雄好丈夫，大家望拜执金吾。

闲眠晓日听鹧鸪，笑倚春风仗辘轳。

深院吹笙闻汉婥，静街调马任奚奴。

牡丹花下帘钩外，独凭红肌将虎须。

这种诗真如严沧浪所谓"此不足以书屏障，可以与闾巷小人
文背之词"，这能够说是最好的诗吗？王士禛云："唐绝句最可笑
者，如'人主人臣是亲家'，如'蜜蜂为主各磨牙'，如'若教过
客都来吃，采尽商山枳壳花'，如'两人相对无言语，尽日惟闻
落子声'，如'今朝有酒今朝醉，明日愁来明日愁'，当时如何下
笔，后世如何竟传，殆不可晓。"

杜甫乃第一流诗人，然其绝句可读者甚少。岑参亦诗中名手，
然其《题长安壁》云：

世人结交须黄金，黄金不多交不深。

纵令然诺暂相许，终是悠悠行路心。

描写何等拙陋！储光羲以作山水诗负盛誉，然有一诗《咏山泉》云：

山中有流水，借问不知名。

映地为天色，飞空作雨声。

转来深涧满，分出小池平

……

咏山水如猜哑谜，如何使得？白居易的诗如《太平乐》：

岁丰仍节俭，时泰更销兵。

圣念长如此，何忧不太平？

亦不是好诗。这都是信手拈来的例子，其实更坏的诗还不知多少。若仅据几十百首好诗而称唐诗超越一切时代，实在是皮相之见。

或者有人说：《全唐诗》固然有不少的坏诗，但就大多数的诗人而言，其诗的价值自在各时代诗人之上。如李白称为"诗仙"，杜甫称为"诗圣"，都是别时代所无的伟大诗人，此外如王维、白居易、韩愈、李贺都不仅是一代的诗人而已。若论名贵作家之繁富，唐诗实在不是别时代的诗所能及。

这种论调近是矣，然而仔细研究，亦是很错误的。若拿各时代诗人比较讨论，能说李、杜还在曹植、陶潜之上吗？彼复古论者，谓李、杜尚不如谢灵运，去曹、陶更远，这个是偏见；然我们亦不能说李、杜便是空前绝后的大诗人。李、杜尚如此，那么其下焉者，更不用说了。无论从作品方面，或从作者方面，我们要说"唐诗是最好的"，是不能得到科学的证据的！

（二）唐诗是最盛的吗？

唐诗之盛，确令人吃惊。据《全唐诗》所录，作者凡二千二百余人，诗四万八千九百余首。这仅仅三百年的光景，流传到今的诗的数量，已有从《诗经》以至六朝一千多年的诗的总量的几倍！这样迅速的发展，在中国诗史上，实在开一新纪元。但我们倘据此而认定中国诗歌之盛，无逾于唐，便又大错。据《四库全书总目提要》著录《御定四朝诗》三百一十二卷，内凡：

宋诗七十八卷　作者八百八十二人

金诗二十五卷　作者三百二十一人

元诗八十一卷　作者一千一百九十七人

明诗一百二十八卷　作者三千四百人

由数量比较，宋诗稍衰。金朝只据中国北部，未曾奄有文物秀丽的江南，故诗亦不发扬。元代国运仅有唐三分之一的时期，且当时文坛趋势已偏向戏曲，而诗人数量竟占唐代之半。明代诗人之多，竟比唐代增加三分之一。可见诗歌的发达与时间成正比例地进化，唐诗不过是造成诗歌发达的先驱时代罢了。且《提要》著录

《四朝诗》一则曰："至于澄汰沙砾，披检精英，合四朝而为一巨帙，势更有所不能矣。"再则曰："用能别裁得失，勒著鸿编，非惟四朝作者得睿鉴而表章……"可见《四朝诗》之编定，去取颇严，不然诗的数量，尚不止此。而诗歌之盛，仅以明论，已远非唐所能及了，唐诗是最盛的话，亦无法证明了。

我们既要排除常人对于唐诗的谬误观念，同时还得更进一步，排除一切文人学士的唐诗传统观念。因为常人对于唐诗误解，只使我们陷入常识的错误；至于因袭唐诗传统观念，便发生对于我们研究唐诗、了解唐诗的莫大障碍。古人中，有的说唐诗是"诗的正宗"；有的说"唐人诗才，若天纵之"；有的说"唐诗主情"；有的说"唐诗蕴蓄"；有的说"唐诗为比兴"；有的说"唐诗至善处，惟在含蓄淡远"……这种离奇古怪的唐诗观念，都是古人想把唐诗戴上一种正统文学的面具，发挥他那不自知的谬误的见解；这些见解不但搔不着痒处，且把唐诗的意义及其特质都埋没了。宋严羽《沧浪诗话》有一段说：

　　唐诗之说未唱，唐诗之道或有时而明也；今既唱其体曰唐诗矣，则学者谓唐诗诚止于是耳，得非诗道之重不幸耶？

严羽宋人，已有此叹。至于明清，则曲解唐诗之谬说更多，反自命为正统传说，所以千年来唐诗的本来面目，便湮灭了。我们现在要排除一切的传统论调，拿唐诗当作诗看，当作纯粹的文学作品看，切不要听信陈言。我们要完全用现代文学的眼光来估定唐诗的价值，才不致使我们的见解落入窠臼，才会有新的发现。

第二讲

唐诗的意义与特质

唐诗的意义是什么呢？唐诗的特质何在呢？

我们既把传统的、谬误的、神秘的各种唐诗观念排除以后，必须重新提出一个唐诗的意义及其特质的解释。我们要了解唐诗的意义，必须从唐诗的特质上显示出来。据我看来，唐诗最少有四种明显的特质：

（一）唐诗是创造的

不是自我们现在才提出唐诗是创造的话，前人已有言之。王渔洋撰《唐人万首绝句选·序》云：

逮于有唐，李、杜、韩、柳、元、白、张、王、李贺、孟郊之伦，皆有冠古之才，不沿齐梁，不袭汉魏，因事立题，号称乐府之变。然考之开元天宝以来，宫掖所传，梨园弟子所歌，旗亭所唱，边将所进，率当时名士所为绝句耳。故王之涣"黄河远上"，王昌龄"昭阳日影"之句，至今艳称之；而右丞"渭城朝雨"，流传尤众，好事者至谱为《阳关三叠》。他如刘禹锡、张祜诸篇，尤难指数。由是言之，唐三百年以绝句擅场，即唐三百年之乐府也。

王闿运云：

三唐风尚，人工篇什，各思自见，故不复模古。（《王志·论唐诗诸家源流》）

这两段见解是很精辟的：由"不复模古""不袭汉魏""不沿齐梁"，可知唐诗是创造的诗；由"宫掖所传，梨园弟子所歌，旗亭所唱，边将所进，率当时名士所为绝句"，可知唐诗是乐府诗。"创造的"与"乐府的"，这是王渔洋、王闿运两氏告诉我们唐诗有这两层重大的意义。往下，我们根据"乐府的"这层意义，又可以说明唐诗的第二种特质。

（二）唐诗是音乐的

王世贞云："《三百篇》亡，而后有诗骚赋；骚赋难入乐，而后有古乐府；古乐府不入俗，而后以唐绝句为乐府。"由此可知唐诗与音乐的渊源甚深。但是怎样说，唐诗是音乐的？音乐的唐诗又有什么意义？说到这里，不能不先说明历史上的中国人对于文学的态度。中国人对于文学往往抱着两种相矛盾的态度，一是文以载道的观念，一是文以消遣的观念。平常的文人，自然拼命去作载道的

文，同时又忘不了消遣的文学。因为载道之文不但不足宣泄情感，
且是斫丧情感的，所以他们往往从正宗文学中跑出来，走入民间文
学的创作界去。民间文学，是以娱乐为主的，在娱乐的关系上，文
学和音乐便自然而然地结合在一起了。只有这种音乐性的文学，才
是代表一个时代的情绪的文学，恰好与代表理性的正宗文学相反。
故不但那些浪漫派的文人，特别拿富有音乐性的文体来发泄天才，
以求笙歌作乐的快感；便是那道学派的文人，亦常常要用富有音乐
性的文体，抒发他在载道之文中所不能抒发的情绪与想象。所以每
一个时代文学的真价值，总是从音乐性的文体里面充分表现出来。
换句话说：音乐性的文学，才是代表中国纯文学的意义和价值。明
白了音乐文学的价值，那么，请进而解剖唐诗之音乐性。王灼《碧
鸡漫志》说：

> 唐时古意亦未全丧，《竹枝》《浪淘沙》《抛球乐》《杨柳
> 枝》乃诗中绝句，而定为歌曲。故李太白《清平调词》三章皆绝
> 句。元白诸诗，亦为知音者协律可歌。白乐天守杭，元微之赠云：
> "休遣玲珑唱我诗，我诗多是别君辞。"自注云："乐人高玲珑能
> 歌，歌予数十诗。"乐天亦《醉戏诸妓》云："席上争飞使君酒，
> 歌中多唱舍人诗。"又《闻歌妓唱前郡守严郎中诗》云："已留旧
> 政布中和，又付新诗与艳歌。"元微之《见人咏韩舍人新律诗戏
> 赠》云："轻新便妓唱，凝妙入僧禅。"沈亚之送人序云："故友

李贺善撰南北朝乐府古词，其所赋尤多怨郁凄艳之句，诚以盖古排今，使为词者莫得偶矣。惜乎其终亦不备声弦唱！"然《唐史》称李贺乐府数十篇，云韶诸工皆合之弦管。又称李益诗名与贺相垺，每一篇成，乐工争以赂求取之，被声歌供奉天子。又称元微之诗往往播乐府。旧史亦称武元衡工五言诗，好事者传之，往往被于管弦。

《碧鸡漫志》又云：

旧说开元中诗人王昌龄、高适、王之涣诣旗亭饮，梨园伶官亦召妓聚燕。三人私约曰："我辈擅诗名，未定甲乙，试观诸伶讴诗分优劣。"一伶唱昌龄二绝句云："寒雨连江夜入吴，平明送客楚山孤。洛阳亲友如相问，一片冰心在玉壶。""奉帚平明金殿开，且将团扇共徘徊。玉颜不及寒鸦色，犹带昭阳日影来。"一伶唱适绝句云："开箧泪沾臆，见君前日书。夜台何寂寞，犹是子云居。"之涣曰："佳妓所唱如非我诗，终身不敢与子争衡，不然子等列拜床下。"须臾妓唱："黄河远上白云间，一片孤城万仞山。羌笛何须怨杨柳，春风不度玉门关。"之涣揶揄二子曰："田舍奴！我岂妄哉？"以此知李唐伶妓取当时名士诗句入歌曲，盖常俗也。

从这几段记载，便显见唐人诗歌与音乐的密切关系，不但妓女以得诵名士佳章为荣，名士亦以诗篇得被诸妓歌唱为乐。因为要使诗篇便于歌唱，往往力求浅近通俗，妓女都能诵解，因此，又发生唐诗的第三特点。

（三）唐诗是通俗的

唐人作诗虽不能完全抛弃用典，甚至有些作者如李义山之流，其诗极不易解，但大多数作品，都可说是很通俗的。白居易作诗，必使老妪都能诵解。元稹《长庆集序》云："二十年间，禁省观寺邮候墙壁之上无不书，王公妾妇牛童马走之口无不道。至于缮写模勒，衒卖于市井，或持之以交酒茗者，处处皆是。"可见诗人的诗已经成为普遍民众的欣赏对象了。唐诗之所以能够通俗，便是由于唐诗之富有音乐性质的缘故。

（四）唐诗是时代的

怎样说唐诗是时代的诗呢？任何文体都具有强烈的时代性；失却时代的意义，同时消失文体的价值。中国文学的变迁，可以文体作代表，分成几个时期：自周到唐，都是诗的时代；宋是词的时代；元是曲的时代；明清是小说的时代。在诗的时代里面，周是四言诗时代，两汉是乐府诗时代，魏晋六朝是古诗时代，唐是新体诗时代。更狭义一点说：唐诗只是绝句诗的时代。（诚如王渔洋所云：唐三百年以绝句擅场。）本来照宇宙间进化的原则，往往是理论愈研究愈透彻，事物愈运用愈巧妙；但是文体却不然。在某种文体新创的时候任人创造，开发，翻新花样，但是用久用旧了，往往愈用愈拙愈坏，不但翻不出新花样，旧花样亦使人生厌了。时间越久，文体越腐。这时便有革命的新文体产生出来，装饰新时代。时代的文学，便是指那时代所用的新文体创造的文学。我们说唐代是诗的时代，便是说唐诗是新体诗流行时代的创造文学。宋诗虽亦是诗，但不是诗的时代的诗。诗的创造时代早已过去了。

　　以上举唐诗的四种特质，但绝不是说凡是唐诗都备具这四种特质。就诗体言：绝句诗可以说是通俗的，律诗往往是古典的；新体诗都是能合音乐节拍的，创造的；古诗大多是模拟，完全没有音乐性。但就大体上说，唐诗是备具这四种特质，今列一表（见下表）表明各体的特质。

　　既明唐诗的特质，进一步再拿唐诗与各时代的诗作比较的研究。先应说明的，便是唐诗与汉魏六朝古诗和宋诗的区别。唐诗与汉魏六朝古诗和宋诗，有深切的关系，又有重大区别，这是应知的。

　　（一）唐诗与古诗。历来对于唐诗与古诗的关系的认识，有两种不同的说法：一说主模拟，谓唐人诗都是从模拟古诗得来的。初唐完全承袭六朝，无论矣。即盛唐之李杜，都是受曹植、谢朓、庾信、鲍照、阴铿辈的影响很深的。（王士禛谓李白"一生低首谢宣城"，杜甫谓"李侯有佳句，往往似阴铿""清新庾开府，俊逸鲍参军"，《渔隐丛话》谓"子美早年学建安"，黄山谷谓："子美句法，出于庾信。"）至于王维、孟浩然、储光羲、韦应物、柳宗元则尽受陶潜的影响。（说见沈德潜《说诗晬语》）盛唐诗人如是。中唐则韩、白尚学杜甫，其作品与古诗的渊源亦深。晚唐卑靡，则无足论。一说主创造，如前面王闿运说："三唐风尚，人工篇什，各思自见，故不复模古。"如王渔洋说："逮于有唐，……不沿齐梁，不袭汉魏，因事立题，号称乐府之变。"如叶燮说："唐诗一大变。"以上二说，表面似相矛盾。但细心分析，则实无冲突。主模拟说的人实指有唐三百年之古体诗与汉魏古诗脉络相承；主创造说的人，系谓唐之新体诗完全出于创造，并非沿袭。可以说唐人的古诗是受汉魏六朝古诗的影响，关系很深切；但唐人的新诗部分，却与汉魏六朝古诗绝缘，而自成其伟大！

　　（二）唐诗与宋诗。唐宋之分，人异其说辞。王渔洋谓："唐诗主情，宋诗主性。"吴高云："唐诗为比兴，宋诗为赋；比兴优于赋。"（《围炉诗话》）沈归愚云："唐诗蕴蓄，宋诗发露。蕴蓄则韵流言外，发露则意尽言中。"但叶燮便最反对这种伸唐绌宋的见解，他说："从来论诗者大约伸唐而绌宋。有谓唐人以诗为诗，主性情，于《三百篇》为近；宋人以文为师，主议论，于《三百篇》为远，何言之谬也。唐人诗有议论者，杜甫是也。杜五言古，议论尤多，长篇如《赴奉先县》《咏怀》《北征》及《八哀》等作，何首无议论？而独以议论归宋人，何欤？彼先不知何者是议论，何者为非议论，而妄以时代分邪？且《三百篇》中，二雅为议论者正自不少。彼先不知《三百篇》，安能知后人之诗也？如言宋人以文为诗，则李白乐府长短句，何尝非文？杜甫《前后出塞》及《潼关吏》等篇，其中岂无似文之句？为此言者，不但未见宋诗，并未见唐诗。村学究道听耳食，窃一言以诧新奇，此等之论是也。"（《原诗》）我们正不必用抽象的肯定字眼来判断唐宋的尊卑。就其关系言，宋诗实受唐诗的影响最深，如宋初杨亿辈的西昆体，乃以李商隐为开山祖，欧阳修、梅圣俞的复古，乃以盛唐为旗帜；虽有北宋之苏轼，南宋之陆游辈，其诗能自立风味，却不能造立宋诗的新境界，所以宋诗终不能脱唐诗的窠臼而成伟大的发展。

　　至于元诗、明诗、清诗，早已失却时代文学的意义，只能在汉魏六朝诗、唐诗、宋诗底下讨生活，更值不得比较来论列了。

第三讲

研究唐诗的基本观念

我们应该抱什么态度来研究唐诗呢？什么是我们研究唐诗应有的信念呢？

在前文，我们已指出常人对于唐诗的误解，并且指出文人对于唐诗的谬误观念。但是这种消极的工作，还不足以研究唐诗。我们要研究唐诗，必须重新规定几个基本观念作为研究的信条，才不致仍旧落入误解，才能对于研究唐诗有新的贡献。

几个基本观念是什么呢？

（一）文学进化的观念

中国人研究文学，往往抱着"一代不如一代"的文学退化观念，于唐诗亦然。黄节《诗学》论唐诗云："观夫唐一代之诗，初唐有陈子昂，盛唐有李杜，中唐有昌黎，皆关乎一代文章风气者，至晚唐则阙然，则风气盛衰，人才升降，可以见矣。"这便是说晚唐不如初唐、盛唐、中唐。杜甫诗云："王杨卢骆①当时体，轻

---

① 王杨卢骆：指王勃、杨炯、卢照邻、骆宾王，后人称之为"初唐四杰"。——编者注

薄为文哂未休。尔曹身与名俱灭，不废江河万古流。"又有诗云：
"李侯有佳句，往往似阴铿。"杜甫对于初唐的诗人，何等推重；
而对于唐以前的诗人虽碌碌如阴铿者，尚谓太白仅得相似，可见当
代重古的眼光了。王世贞《艺苑卮言》更谓："太白多露语率语，
子美多稚语累语，置之陶谢间，便觉伧夫面目。乃欲使之夺曹氏父
子位耶？"这便是说李、杜既不如陶、谢，陶、谢又不如曹氏父
子；这便是说六朝比不上汉魏，唐诗又不如六朝。照这样看来，不
但唐诗可以付之一炬，汉魏古诗亦可不读，只咿唔《三百篇》够
了。然而，照我们的眼光看来，恰又不然。汉魏乐府的内容实在比
《三百篇》的内容丰富，唐诗又比汉魏乐府古诗的内容丰富。不但
由曹植到陶潜是进化；由陶潜到庾信亦是进化。我们必须用文学进
化的理论，才能解释文学发展的原因。我们很显然地看得出，由庾
信、沈约的诗到王杨卢骆的诗；由王杨卢骆的诗到李白、杜甫的
诗；由李杜的诗到白居易、韩愈的诗；又由白、韩的诗到李义山、
杜牧的诗，其间都有进化的痕迹可寻，绝不是退化的观念所能解
释。我们虽不能说李、杜的诗竟胜于曹植、陶潜，但我们尽可以说
李、杜的诗比曹、陶的诗是进化的。盛唐实在高于初唐，晚唐亦欲
胜中唐。这种进化的文学意义，可以贯穿唐诗的全部脉络。

（二）平民文学的观念

　　我们不能不认唐代的新体诗，便是当代的通俗文学，只观上

面所举的那些诗人，如王昌龄等的诗，歌伎老妪，都能诵解，可知唐诗的通俗化了。诗究竟是贵族的，还是平民的，我们且不置论。但实际上，由通俗化而造成特色的唐诗，我们必须拿平民文学的观念，才能解释唐诗的真价值。从前研究唐诗，往往只看着贵族的诗，几乎完全忽略了非诗人的诗和无名的民间文学。纵然我们无法去收集广博的民间诗的材料来供研究，我们还是不能抛弃平民文学的眼光来研究唐诗。因为唐诗的来源，是由于民间诗的逐渐蜕化而完成；因为唐诗的实际由富有音乐性能歌的关系，已经成了民间的享乐文学，实已打破贵族文学的藩篱，而与平民文学胶合成一片了。

（三）分析与欣赏的观念

文学研究的是否成功，完全基于文学欣赏的是否有错误。以前对于唐诗的观念有两种大毛病：

一是笼统的毛病；

二是曲解的毛病。

最笼统的莫如"唐诗"两字，因为习惯的观念以为唐诗总是好的，这种错误在前面已经纠正。次之，如"初唐""盛唐""李杜诗"这些名词的本身，即含有褒贬之意，似乎盛唐诗，李杜诗，总是好的；晚唐诗，总是坏的。这种笼统名词所发生的连带观念，是很不正确的。要知道晚唐亦有很好的诗，盛唐、李杜也未尝无很坏的诗。至于曲解的毛病更甚了，那些评注大家、诗话大家，往往好奇立异，替唐诗人的作品加上许多附会。又有人往往将许多与忠孝无关的诗，偏说是忠臣孝子的思想。有的本来诗意浅显，他们一定要说得如何深奥有几十层意思。有的诗是信手拈来自然得很，他们注家偏要说诗法森严。闹得唐诗不堪卒读了。我们研究唐诗：一方面要打破笼统的观念，而代以分析的方法；一方面要打破曲解的观念，而代以欣赏的眼光。分析的方法，应该是科学分析的方法；欣赏的眼光，应该是文学欣赏的眼光，以一篇篇地分析，一篇篇的欣赏，作为研究的基础。我们固然不应该忽视作家的整个作风，但分析与欣赏，却是使我们能够真实了解作家的初步工作。

第四讲

唐诗的来源及其背景

我们读过唐诗，往往有一疑问，就是："唐诗怎样形成了它的伟大呢？"我们也读过《三百篇》，我们也读过汉魏乐府，我们也读过建安以后的五七言诗，也觉得这些古诗的伟大！但是我们读过唐诗，却又发现唐诗是一种新鲜的体裁、新鲜的气象，这种新气象的唐诗和一切的四言古诗、五七言古诗都不相同。我们要想解答这个问题，必须追溯唐诗的来源。

自从梁《昭明文选》编成后，在表面看，仿佛是集古典文学的大成，但实际上《昭明文选》便是古典文学最盛的葬礼了。加上沈约声律八病之说，诗体越发添了几层严酷的镣铐。虽然梁陈间古典诗依然流行，但已经是回光返照，古典作品的魔力早已不能维系诗坛的重心了，同时，民间的歌谣文学早已蓬勃地发展起来，这种新声的歌谣在东晋及六朝之初，便已经很流行。所谓"歌谣数百种，子夜最可怜！慷慨吐清音，明转出天然"。例如：

宿昔不梳头，丝发披两肩。

婉伸郎膝上，何处不可怜。

凉秋开窗寝，斜月垂光照。

中宵无人语，罗幌有双笑。（《子夜歌》）

锲臂饮清血，牛羊持祭天。

没命成灰土，终不罢相怜。（《欢闻变》）

黄葛生烂漫，谁能断葛根？

宁断娇儿乳，不断郎殷勤！（《前溪》）

闻欢下扬州，相送楚山头。

探手抱腰看，江水断不流！（《莫愁乐》）

这种体态清新、描写活跃的新声小曲，较之陆机、谢灵运辈的
古诗，实在高妙多了！这种五言的新声小曲的逐渐进化，便成后来
的五言绝句。到了梁陈时代，民间的歌曲，已经经过长期的发展，
渐渐从民间文学的地位跳起来，把已经腐化的贵族古典文学的地盘
掀动，那些贵族诗人也受了民间歌曲的影响，不免尝试起来。如梁
简文帝《乌栖曲》诗云：

芙蓉作船丝作绁，北斗横天月将落。

采莲渡头碍黄河，郎今欲渡畏风波。

魏收《挟瑟歌》云：

春风宛转入曲房，兼送小苑百花香。
白马金鞍去未返，红妆玉箸下成行。

此二诗虽音调不谐，实已备唐诗七绝之体，如胡应麟《诗薮》云："考《乌栖曲》四篇，篇用二韵，正项王垓下格，唐人亦多学此。江总《怨诗》卒章，俱作对结，非绝句正体也。惟《挟瑟歌》虽音律未谐，而体裁实协，唐绝句咸所自来，然六朝殊少继者。"及到隋诗，如：

杨柳青青着地垂，杨花漫漫搅人飞。
柳条折尽花飞尽，借问行人归不归？

这已经完全形成唐人七绝的体裁了。

六朝诗人如沈约是声律八病的创造者，然而他的诗也受了民间歌曲的同化，渐渐改变那传统的诗体了。如《六忆诗》之云：

忆眠时，人眠独未眠。
解罗不待劝，就枕更须牵。
复恐旁人见，娇羞在烛前。

　　这完全是模拟当代的歌曲。沈约一方面创造了八病的新韵律，一方面又受民间歌曲的影响，产生一种新体诗，便是唐代律诗的滥觞。例如《洛阳道》：

　　　　洛阳大道中，佳丽实无比。

　　　　燕裙傍日开，赵带随风靡。

　　　　领上蒲萄绣，腰中合欢绮。

　　　　佳人殊未来，薄暮空徒倚。

　　这已完全是唐律之体制与形式，不过平仄不调耳。

　　我们已经明白五绝、七绝与律诗的来源，在六朝即已有完整的形式；进一步我们研究唐诗的内容的完成：中国文学由《诗三百篇》变为《楚辞》，由《楚辞》变为汉乐府，由汉乐府变为魏晋古体诗，其间虽有变迁，实在很微。自周秦到六朝一千多年的文学史，可说都是《诗三百篇》文学的遗传史。这是因为中国民族性本是《诗三百篇》式的性，所以所有只是《诗三百篇》式的文学。原来文学的重大变迁，往往有赖于其他民族文学的影响。以前的中国，只是用武力征服异邦，自居于统治阶级，自然没有与他民族糅合的可能，没有文化接触的可能。中国文学只是单调的，不受丝毫的影响与调节，从《诗三百篇》传下来，自然不会有重大的变迁的。但是到东晋以后，便不然。匈奴民族，居然能征服中原，占据黄河南北。北方勇悍的民族性，和中国温柔敦厚的民族性，是绝对不同的，看他们的作品便知道：

> 遥看孟津河，杨柳郁婆婆。
>
> 我是虏家儿，不解汉儿歌。
>
> 健儿须快马，快马须健儿。
>
> 跸跋黄尘下，然后别雄雌。（《折杨柳歌》）

> 男儿欲作健，结伴不须多。
>
> 鹞子经天飞，群雀两向波。
>
> 男儿可怜虫，出门怀死忧。
>
> 尸丧狭谷中，白骨无人收。（《企喻歌》）

> 野火烧野田，野鸭飞上天。
>
> 童男娶寡妇，壮女笑杀人！（《紫骝马歌》）

> 门前一株枣，岁岁不知老。
>
> 阿婆不嫁女，那得孙儿抱？（《折杨柳枝歌》）

> 李波小妹字雍容，
>
> 褰裳逐马如卷蓬，

左射右射必叠双。

女子尚如此，

男子安可逢。（《李波小妹歌》）

谁家女子能行步，反著袂褝后裙露。

天生男女共一处，愿得两个成翁姬。（《捉搦歌》其二）

黄桑柘屐蒲子履，中央有丝两头系。

小时怜母大怜婿，何不早嫁论家计。（《捉搦歌》其四）

这种勇悍爽直的匈奴民族性所表现的文学，和中国本来温柔的女性文学，粉饰的古典文学，风格情调，完全异样。渐渐经过时代的陶冶，这两种不同民族性文学接触的结果，到了唐代因政治势力的统一，中外的民族性更糅合在一起，发展起来，造成唐诗的新气象，形成唐诗的伟大。梁任公说："经南北朝几百年民族的化学作用，到唐朝算是告一段落。唐朝的文学，用温柔敦厚的底子，加入许多慷慨悲歌的新成分，不知不觉，便产生出一种异彩来。盛唐各大家，为什么能在文学史上占很重要位置呢？他们的价值，在能洗却南朝的铅华靡曼，参以伉爽真率；却又不是北朝粗犷一路。拿欧洲来比，好像古代希腊、罗马文明，掺入些森林里头日耳曼蛮人色彩，便开辟一个新天地。"（《中国韵文里头所表现的情感》）

南北朝民族的糅合，构成唐诗的伟大的来源，诚如梁任公所说；但是，我们要了解唐诗的真精神，更不能忽视唐诗所借以表现的时代背景。

（一）政治的背景

唐诗在当代有两个重要的政治背景：其一，唐以诗赋试进士；其二，唐代君主均好尚诗歌。明游潜《梦蕉诗话》云："沈约在宋齐梁陈时并居钧要，谱韵以词赋取士，积习久矣。及唐有天下，亦竟因之。"但纪昀云："以诗赋试进士，始于唐高宗调露二年。"则梁代并无是制。总之，无论是唐"因"是制，或唐"创"是制，我们总不能否认唐有是制。本来文学的发达与否，似乎与政治实无相成的关系；然在中国古代，文学未成为独立研究之科，所谓文人，不过借文以干禄，故文学的盛衰，往往视政治的趋向为消长。唐既开诗赋应制之风，诗歌自然发达起来了。况且唐代君主均有诗赋之癖，如唐太宗即开文学馆，以礼延当代文士。玄宗风流自赏，尤爱礼文人，李白即以《清平调》见宠于玄宗。宪宗读白居易《讽谏诗》，召为学士。穆宗善元稹歌诗，征为舍人。文宗好五言诗，竟置诗学士至七十二人之多。白居易之死，宣宗为诗吊之曰：

缀玉联珠六十年，谁教冥路作诗仙。

浮云不系名居易，造化无为字乐天。

童子解吟《长恨曲》，胡儿能唱《琵琶》篇。

文章已满行人耳，一度思卿一怆然！

以当代帝王之尊，而敬礼诗人，有若此者。至论作品，则中宗、睿宗、肃宗、德宗、文宗、宣宗、昭宗，下至妃子宫人，莫不略解吟咏，自成篇章。太宗、明皇，则诗成卷帙。武后、韦后亦嗜文学，虽武后所作诗歌，大都出自元万顷、崔融辈之手；韦后所作，大都出自上官昭容之手，然其延揽诗人，识拔才士，过于诸帝。所谓"上有好者，下必有甚焉"。影响所及，不但应制诗发达，其他的诗，亦发达。诗人都努力于作好诗了。甚至以一二语之工而名著者，《韵语阳秋》谓："唐朝人士以诗名者甚众，往往因一篇之善，一句之工，名公先达，为之游谈延誉，遂至声闻四驰。'曲终人不见，江上数峰青'，钱起以是得名；'故国三千里，深宫二十年'，张祐以是得名；'微云淡河汉，疏雨滴梧桐'，孟浩然以是得名；'兵卫森画戟，宴寝凝清香'，韦应物以是得名；'野火烧不尽，春风吹又生'，白居易以是得名；'敲门风动竹，疑是故人来'，李益以是得名；'鸟宿池边树，僧敲月下门'，贾岛以是得名；'画栋朝飞南浦云，珠帘暮卷西山雨'，王勃以是得名；'华裙织翠青如葱①，入门下马气如虹'，李贺以是得

① 此处疑《韵语阳秋》之误，王勃原诗为"马蹄隐耳声隆隆"。——编者注

名……"《全唐诗话》载，刘希夷作《洛阳诗》，篇中有"年年岁岁花相似，岁岁年年人不同"之句，为宋之问所害。夫"诗词于文为末"，这是古人的常见，后世竟有谓"一为文人，便无足观"者，则诗词之卑下愈甚。然唐人则以一二诗之工，便成名士；甚至为欲窃好诗以为己有，而不惜杀人者，则唐代作诗风气之盛，已可概见；而这种风气的造成，由于唐代政治的背景，是无疑的。

这是唐诗发达的重要原因。但是，这种政治背景仅造成唐诗的发达；更有军事背景所形成的社会状况，乃造成唐诗内容的伟大。

（二）军事的背景

在升平安定的社会，文学往往成为粉饰太平的工具。这种太平文学，是顶没有意思的。如司马相如那一流人的赋，未尝作得不好，然无意味了。唐初有贞观、开元之治，社会局面安定，所以初唐诗也是太平文学，并无足观。但是开元以后，军事的变迁，便极其活跃。我们根据唐史，便很显然看出自开元以后的唐代，完全是由不断的战争支配着。略举其大事列表于下：

唐玄宗时代，安禄山叛变，陷两京，玄宗奔蜀，天下大乱！

唐肃宗时代，安庆绪之乱；史思明之乱；史朝义之乱。

唐代宗时代，吐蕃之寇；吐蕃、回纥之寇。

唐德宗时代，李希烈、朱滔、王武俊之叛；朱波之叛；李希烈内部之变；李晟破吐蕃之战；吴少诚之乱；韦皋破吐蕃之战。

　　唐宪宗时代，刘辟之乱；李锜之乱；王承宗之乱；吴元济之乱；陈弘志弑宪宗。

　　唐武宗时代，卢龙军之乱；刘沔破回纥之战。

　　唐懿宗时代，浙东盗匪之乱；高骈南征之战。

　　唐僖宗时代，王仙芝之乱；黄巢响应王仙芝之叛；两京之得而复失；秦宗权之僭号，帝奔凤翔。

　　唐昭宗时代，李克用之变；李茂贞之变；朱全忠之变。

　　最后，朱全忠之变，唐之国命便完结了。玄宗后二百年天下，几无一年无战争，无一日安宁。在历史上继续着数百年的战争纷乱的时代，可以说是绝无仅有。二百年不断的战争，所造成纷乱如麻的社会，便给予唐诗人以绝大的生命，给予唐诗以绝好的描写资料！由对外苦战的影响，造成一种以边塞生活为描写背景的边塞诗派；由国内纷乱的影响，造成一种以社会生活为描写背景的社会诗派。这些边塞派的诗与社会派的诗，便形成唐诗的伟大。这两方面的诗，都是用新的社会资料、新的描写，创造新诗。假如我们说：一种时代的文学，无论在形式与内容都应该是新的，那么唐诗的伟大的基础，便是坚实建设在当时的时代社会背景的上面了。

第五讲

唐诗的第一时期——初唐

（自高祖武德初，至玄宗开元初，凡百年）

我们先略说明唐诗分期的意义：

唐诗的分为初、盛、中、晚，其说始于宋人严羽，而成于明人高棅。严羽仅略分三唐，以示区别，并未有严格的分期。他曾说："盛唐人诗，亦有一二滥觞晚唐者；晚唐人诗，亦有一二可入盛唐者。"（《沧浪诗话》）高棅才决定唐诗应分为四期。这是何故呢？高棅曾发表一篇很有系统的见解：

有唐三百年诗，众体备矣。故有往体，近体，长短篇，五七言律绝句等制，莫不兴于始，成于中，流于变，而移之于终。至于声律，兴象，文词，理致，各有品格不同。略而言之：则有初唐、盛唐、中唐、晚唐之殊。详而分之：贞观、永徽之时，虞魏诸公，稍离旧习；王、杨、卢、骆，因加美丽。刘希夷有闺帏之作；上官仪有婉媚之体，此初唐之始制也。神龙以还，洎开元初，陈子昂古风雅正；李巨山文章老宿；沈宋之新声；苏张之大手笔，此初唐之渐盛也。开元、天宝间，则有李翰林之飘逸；杜工部之沉郁；孟襄阳之清雅；王右丞之精致；储光羲之真率；王昌龄之耸俊；高适、岑参之悲壮；李颀、常建之超凡，此盛唐之盛者也。大历、贞元中，则有韦苏州之雅澹；刘随州之闲旷；钱起之清赡；皇甫之冲秀；秦公绪之山林；李从一之台阁，此中唐之再盛也。下暨元和之际，则有柳愚溪之超然复古；韩昌黎之博大其词；张、王乐府得其故实；元、白叙事，务在分明；与夫李贺、卢仝之鬼怪；孟郊、贾岛之饥寒，此晚唐之变也。降而开成以后，则有杜牧之豪从；温飞卿之绮靡；李义山之隐僻；许用晦之偶对；他若刘沧、马戴、李群玉、李频辈，尚能黾勉气格，埒迈时流，此晚唐变态之极，而遗风余韵犹有存者焉。

自从高棅立说以后，文学史家多采用之；但同时攻击此说，认为谬妄的，也不乏其人。钱谦益便是攻击最力的，他说："初、盛、中、晚，盖创于宋季之严羽，而成于国初之高棅，承讹踵谬，三百年于此矣。夫所谓初、盛、中、晚，论其世也，论其人也。以人论世，张燕公、曲江，世所称初唐宗匠也。燕公自岳州以后，诗章凄惋，传得江山之助，则燕公亦初亦盛。曲江自荆州以后，同调讽咏，尤多暮年之作，则曲江亦初亦盛。以燕公系初唐也，溯岳阳唱和之作，则孟浩然应亦盛亦初。以王右丞系盛唐也，《酬春夜竹亭》之赠，同《左掖梨花》，则钱起、皇甫冉，应亦中亦盛。一人之身，更历二时，将诗以人次耶？将人以诗次耶？"王世懋则就唐诗的风格上加以驳斥，他说："唐律由初而盛，由盛而中，由中而晚，时代声调，故自必不可同；然亦有由初而逗盛，盛而逗中，中而逗晚者，何则？逗者渐之变也，非逗故无由变。唐诗之由初而盛中，极是盛衰之界。然王维、钱起，实相酬唱。子美全集，半是大历而后，其间逗漏，亦有可言。如王右丞《明到衡山篇》。嘉州《函福溪句》；隐隐钱、刘、卢、李间矣。至于大历十才子，其间岂无盛唐之句？盖声气犹未相隔也。学者固常严于格调；然必谓盛唐人无一语落中，中唐人无一语入盛，则亦固哉其言诗矣！"阎百诗则更根据诗人生卒的先后加以抨击，他说："张九龄卒于开元二十八年，孟浩然亦是年卒，而分初、盛何也？刘长卿开元二十一年进士。以杜诗年谱考之，所谓"快意八九年，西归到咸阳'者天宝五载。上溯其'忤下考功第，独辞京尹堂'，当在开元二十六年、二十七年。纵甫登第于是时，亦刘长卿之后辈矣，而分刘为中，何也？"

三百年的唐诗，本是成一整个脉络的发展，必欲划出显明界限，割裂成几个片段，一若前后彼此各不相属者，这实在是固哉其言诗了。何况高棅的分初、中、盛、晚，并含有褒贬之意在其间呢？但是一代文学发展的脉络，往往成一根起伏线，这根起伏线必然包含着盛衰变迁的趋势，我们把这些盛衰变迁的脉络分作几段，以便于研究和叙述，并不是毫无理由。唐诗的变迁发展，初唐显然是齐梁的遗风；盛唐是新旧体诗发展的最高潮；中唐则由盛唐而一变再变，变到新体诗发展之极；晚唐则完全是唐新体诗最后的闪烁，显然是唐诗的末运到了。简单说一句，唐诗的发展，固成整个脉络；但唐诗的变迁，把唐诗弄成了一根起、盛、变、衰的波浪线。我们根据这种波浪线而分唐诗为四个时期，是无妨的。且为明了唐诗发展的阶级起见，为叙述的便利起见，唐诗的分期亦是必要的。我们在下面分唐诗为第一、第二、第三、第四，四个时期，便是指明唐诗起、盛、变、衰的脉络，并非硬分唐诗为几片段。至于下列各章虽亦沿用"初唐""盛唐""中唐""晚唐"这些名词，乃只为叙述的清楚计，并不含有何等褒贬深意的。

既然说明了分期的意义，往下从第一时期的唐诗说起。

叶燮云："唐初沿卑靡浮艳之习，句栉字比，非古非律，诗之极衰也！"（《原诗》）老实说：第一时期的唐诗，如从诗的格调和诗的气象看来，实在还够不上说是唐诗。这话自然不是根本否认初唐诗的价值。我的意思是说：初唐诗虽则没有和初唐以后的唐诗相等的价值，却有齐梁诗的价值。这话怎讲呢？在前文曾说过，唐诗的来源，是由南北朝时，中国固有的民族性的文学，受了北方新进民族性的文学之影响而成功的。照理论讲，这种代表新时代的诗体，在唐诗的第一时期，便应该开始发展下去，但在实际上呢，初唐文学不但没有表现唐诗的特殊精神，而且是回头向着古典主义的路上走，继续着沈约、庾信所倡新韵律的古典诗的发展。

细察初唐的时代背景，便知齐梁新韵律的古典诗在初唐的发展，实非偶然。初唐原来是歌舞升平的时代，又是应制诗最盛的时代。时代升平,所需要的,只是歌诵太平的古典文学,何况有初唐的君主正在积极提倡呢?在别一方面观之,北朝的豪爽亢直文学所以形成,固然是由于胡人的民族性使然,亦因为与中国同化未深,而北朝又未曾统一,成为不断战争杀伐的局面,适宜于北朝豪放勇悍的文学的发展。到了唐代,虽然南北两大民族统一糅合起来,但初唐的时代背景,却不是与北朝一般的时代背景,而是南朝的时代背景。因为时代背景不同,所以初唐亦不容许向北朝化,而继续南朝贵族文学未完的发展。

沈约所倡的新体诗,新韵律的古典诗,就是最适宜于歌诵太平的,所以在初唐自然地发展了。

在初唐应制派的古典诗体流行当中,突破这种"靡靡之音"的阵线的,也有一种雄壮调子的诗。因为初唐正是向外开辟疆土的时代,谁人不想去投笔从戎,建立功名?如魏徵的《述怀》便是很有气魄的:

中原初逐鹿,投笔事戎轩。

纵横计不就,慷慨志犹存。

杖策谒天子,驱马出关门,

请缨系南粤,凭轼下东藩。

郁纡陟高岫,出没望平原。

古木鸣寒鸟,空山啼夜猿。

既伤千里目，还惊九折魂。

岂不惮艰险，深怀国士恩。

季布无二诺，侯嬴重一言。

人生感意气，功名谁复论。

如卢照邻的《刘生》：

刘生气不平，抱剑欲专征。

报恩为豪侠，死难在横行。

翠羽装刀鞘，黄金饰马铃。

但令一顾重，不吝百身轻。

杨炯的《出塞》：

塞外欲纷纭，雌雄犹未分。

明堂占气色，华盖辨星文。

二月河魁将，三千太乙军。

丈夫皆有志，会见立功勋。

骆宾王的《从军行》：

平生一顾重，意气溢三军。

野日分戈影，天星合剑文。

弓弦抱汉月，马足践胡尘。

不求生入塞，唯当死报君。

沈佺期的《塞北》：

胡骑犯边埃，风从丑上来。

五原烽火急，六郡羽书催。

冰壮飞狐冷，霜浓候雁哀。

将军朝授钺，战士夜衔枚。

紫塞金河里，葱山铁勒隈。

莲花秋剑发，桂叶晓旗开。

秘略三军动，妖氛百战摧。

何言投笔去，终作勒铭回。

这种壮丽的诗，在初唐诗中的确是一种特色，每一个作家都有几首这样很有气魄的作品。但是时代的趋向已经沉醉于享乐主义的古典诗的风气中，这种杀伐之音，自然要消沉下去了，自然要变"不求生入塞，唯当死报君"的诗，而为"自有神仙鸣凤曲，并将歌舞报恩晖"的诗了。一线微微的诗的曙光，便消失在古典的初唐诗里面。

这样，初唐诗便失却价值吗？不然！初唐诗自有不可磨灭的价值在。

隋既为唐所灭，那些诗人，亦入唐。他们不但毫无故国之感，而且个个都在唐朝做高官。唐主乐于笼络他们。他们的诗充满享乐主义的色彩。如杨师道，原是隋宗室，他的诗实在作得不坏，如：

汉家伊洛九重城，御路浮桥万里平。

桂户雕梁连绮翼，虹梁绣柱映丹楹。

朝光欲动千门曙，丽日初照百花明。

燕赵娥眉旧倾国，楚宫细腰本传名。

二月桑津期结伴，三春淇水逐关情。

兰丛有意飞双蝶，柳叶无趣隐啼莺。

扇里细妆将夜并，风前独舞共花荣。

两鬟百万谁论价，一笑千金判是轻。

不为披图来侍寝，非因主第奉身迎。

羊车讵畏青门闭，兔月今宵照后庭。（《阙题》）

这种诗仍是继续齐梁的风格，没有唐诗风味。又如陈叔达和袁朗的诗，都很有才华，但仍是陈隋的诗，不是唐诗。然而我们却不能因为他没有具备唐诗的风格，而说他们的诗不好。他们的诗往往有很好的，例如陈叔达的诗：

> 自君之出矣，红颜转憔悴。
> 思君如明烛，煎心且衔泪。
> 自君之出矣，明镜罢红妆。
> 思君如夜烛，煎泪几千行！（《自君之出矣》）

袁朗的诗：

> 危弦断客心，虚弹落惊禽。
> 新秋百虑净，独夜九愁深。
> 枯蓬唯逐吹，坠叶不归林。
> 如何悲此曲，坐作白头吟。（《秋夜独坐》）

同时由隋入唐的，还有孔绍安、虞世南、王珪、李百药等人，作品流传很少。大约他们的才气既不发扬，感染时代的色彩很浅，而功名利禄之欲又太深，所以作品就卑不足道。在这时期，只有王绩，足称为初唐第一时期的诗人。这位诗人的生活，是很浪漫有趣的。他原仕隋做秘书省正字，却不愿意，求为一小县的丞，赋诗嗜酒为乐。后来唐代予以好官，他又不愿，而求为丞。末了，丞也做不惯，弃官而归隐东皋，从事于著述生活。读他的诗，便觉他是他自述生活的状况。例如《过酒家》诗：

> 此日长昏饮，非关养性灵。
> 眼看人尽醉，何忍独为醒！

> 对酒但知饮，逢人莫强牵。
> 倚炉便得睡，横瓮足堪眠。

《独酌》诗：

> 浮生知几日，无状逐空名。
> 不如多酿酒，时向竹林倾。

这种诗还不免发议论的病，往下的诗便更洒脱：

> 东皋薄暮望，徙倚欲何依。
> 树树皆秋色，山山唯落晖。
> 牧人驱犊返，猎马带禽归。
> 相顾无相识，长歌怀采薇。（《野望》）

> 石苔应可践，丛枝幸易攀。

青溪归路直，乘月夜歌还。（《夜还东溪》）

为向东溪道，人来路渐赊。
山中春酒熟，何处得停家。（《山中别李处士》）

王绩的生活有些像陶潜，诗品亦似之。每首诗都充满幽逸的风味。在初唐那样沉醉于秾艳的诗的风气当中，不能不说王绩是独具一格的田园诗人。可惜一般文学史家，却轻轻地遗漏了这一位可贵的诗人。

当时政治，渐渐由才统一的纷乱局面，走上轨道，有了贞观、开元之治，唐初诸帝的爱好文学，于以造成唐代第一时期的诗坛，诗人自然多起来了，如号称四杰的王、杨、卢、骆，号称四友的李、杜、苏、崔，应制派的诗人上官仪、沈佺期、宋之问，与张九龄、陈子昂辈，都是这时期诗坛的健将。欲了解这时期唐诗的内容，便不能不将这些代表诗人加以比较详细的研究。

（一）王勃

王勃，字子安，绛州龙门人。六岁即能文。不幸多才命薄，二十八岁，即以渡海溺水悸死。传说勃为文，初不精思，磨墨数升，引被覆面而卧，忽起书之，不易一字。其诗表现才华之处极多，例如：

客心千里倦，春事一朝归。

还伤北园里，重见落花飞。（《羁春》）

长江悲已滞，万里念将归。

况属高风晚，山山黄叶飞。（《山中》）

江旷春潮白，山长晓岫青。

他乡临晚极，花柳映边亭。（《早春野望》）

野客思茅宇，山人爱竹林。

琴尊唯待处，风月自相寻。（《赠李十四》）

王勃的好诗往往在他的五绝中，《艺苑卮言》称其逼近乐府，
信然。但因其作品专尚才华，便免不了雕刻粉饰，这在他七律诗中
看得出来：

滕王高阁临江渚，佩玉鸣鸾罢歌舞。

画栋朝飞南浦云，珠帘暮卷西山雨。

闲云潭影日悠悠，物换星移几度秋。

阁中帝子今何在，槛外长江空自流。（《滕王阁》）

他仅有才华，而无气魄；加以少年殂落，未能尽量发泄才气，造诣便止于是了。

（二）杨炯

杨炯，华阴人，曾为盈川令。尝自言云："吾愧在卢前，耻居王后。"张说云："杨盈川文思如悬河注水，酌之不竭。既优于卢，亦不减王也。"炯为人颇恃才，诗亦有壮气。例如：

烽火照西京，心中自不平。

牙璋辞凤阙，铁骑绕龙城。

雪暗凋旗画，风多杂鼓声。

宁为百夫长，胜作一书生。（《从军行》）

边地遥无极，征人去不还。

秋容凋翠羽，别泪损红颜。

望断流星驿，心驰明月关。

蕙砧何处在，杨柳自堪攀。（《折杨柳》）

所谓王、杨、卢、骆，不过四杰之联称，次序间并非含有褒贬。只就诗而论，杨炯或应列在四杰之末。

（三）卢照邻

卢照邻，字升之，范阳人。官仅一尉。后以手足挛废，贫苦不堪，至自投水死。故生平所作，多言愁苦。例如：

陇阪高无极，征人一望乡。

关河别去水，沙塞断归肠。

马系千年树，旌悬九月霜。

从来共呜咽，皆是为勤王。（《陇头水》）

合殿恩中绝，交河使渐稀。

肝肠辞玉辇，形影向金微。

汉地草应绿，胡庭沙正飞。

愿逐三秋雁，年年一度归。（《昭君怨》）

浮香绕曲岸，圆影覆华池。

常恐秋风早，飘零君不知。（《曲池荷》）

高情临爽月，急响送秋风。

独有危冠意，还将衰鬓同。（《含风蝉》）

卢照邻在四杰里，身世最为凄凉。虽自云："伟哉旷达士，知命固不忧。"然忍不住的哀伤，终究在诗里自然地流露出来。

（四）骆宾王

骆宾王，义乌人，尝作《帝京篇》，当时以为绝唱。徐敬业举兵，骆宾王为撰讨武氏檄文，武后叹为奇才。其诗波澜回阔，洋洋数百言，虽不免浮艳然系初唐人通病。例如：

> 边烽警榆塞，侠客度桑干。
> 柳叶开银镝，桃花照玉鞍。
> 满月临弓影，连星入剑端。
> 不学燕丹客，空歌易水寒。（《送郑少府入辽共赋侠客远从戎》）

> 城上风威冷，江中水气寒。
> 戎衣何日定，歌舞入长安。（《在军登城楼》）

> 此地别燕丹，壮士发冲冠。
> 昔时人已没，今日水犹寒。（《于易水送人》）

宾王是献身革命的诗人，不比杨炯的空有其志，故其诗益为雄壮，其《从军中行路难》"君不见封狐雄虺自成群"与"君不见玉关尘色暗边庭"二首古风，更奔放有气魄，已脱初唐诗格的藩篱了。

杜甫诗云："王杨卢骆当时体，轻薄为文哂未休。尔曹身与名俱灭，不废江河万古流。"此诗评四杰，未免过誉；然如王士贞所云："卢、骆、王、杨，号称四杰，词旨华丽，固缘陈隋之遗，骨气翩翩，意象老境，超然胜之。"我们读过四杰的诗，便深知《艺苑卮言》的话是不错的。

（五）上官仪

上官仪，字游韶，陕州陕人。其诗绮错婉媚，人多效之，谓为上官体。在高宗时代应制诗人中最负盛名。其诗如：

玉关春色晚，金河路几千。

琴悲桂条上，笛怨柳花前。

雾掩临妆月，风惊入鬓蝉。

缄书待还使，泪尽白云天。（《王昭君》）

脉脉广川流，驱马历长洲。

鹊飞山月曙，蝉噪野风秋。（《入朝洛堤步月》）

（六）杜审言

杜审言，字必简，襄阳人。辄自矜其才，尝言："吾文章合得屈宋为衙官。"放诞有如此者。其诗如：

知君书记本翩翩，为许从戎赴朔边。
红粉楼中应计日，燕支山下莫经年。（《赠苏绾书记》）

迟日园林悲昔游，今春花鸟作边愁。
独怜京国人南窜，不似湘江水北流。（《渡湘江》）

红粉青娥映楚云，桃花马上石榴裙。
罗敷独向东方去，谩学他家作使君。（《赠赵使君美人》）

《艺苑卮言》称："杜审言华藻整栗，小让沈宋；而气度高逸，神情圆畅，自是中兴之祖，宜其矜率乃尔。"王世贞这段话是说得很错的，审言是初唐色彩很浓厚的诗人，怎能说是中兴之祖呢？

（七）李峤

李峤，字巨山，赵州赞皇人。在四友里面，李峤的诗，应推为最丰富的了。初与王勃、杨炯诸诗人同仕，后与崔融、苏味道齐名，晚年尤独享盛名，为时人矜式。其诗以《汾阴行》最有名：

> ……
>
> 自从天子向秦关，玉辇金车不复还。
>
> 珠帘羽扇长寂寞，鼎湖龙髯安可攀？
>
> 千龄人事一朝空，四海为家此路穷。
>
> 豪雄意气今何在？坛场宫馆尽蒿蓬。
>
> 路逢故老长叹息，世事回环不可测。
>
> 昔时青楼对歌舞，今日黄埃聚荆棘。
>
> 山川满目泪沾衣，富贵荣华能几时？
>
> 不见只今汾水上，唯有年年秋雁飞！

玄宗读此诗，叹为真才子！但李峤的好诗实在不多。

（八）苏味道

苏味道，赵州栾城人。与李峤齐名，号称苏李。其诗多不传。姑举一例。

> 火树银花合，星桥铁锁开。
>
> 暗尘随马去，明月逐人来。

游伎皆秾李，行歌尽落梅。

金吾不禁夜，玉漏莫相催！（《正月十五夜》）

这类的诗虽缺乏情感，然抒写太平时代的繁华景况很真切，还不失为一首好诗。其实，这样的诗，即是沈佺期、宋之问，亦不会写出几首来呢。

（九）崔融

崔融，字安成，全节人。其诗如《和梁王众传张光禄是王子晋后身》，毫无气骨，虽附名四友之末，实在够不上说是初唐的代表诗人。姑举其诗一首为例。

月生西海上，气逐边风壮。

万里度关山，茫茫非一状。

汉兵开郡国，胡马窥亭障。

夜夜闻悲笳，征人起南望。（《关山月》）

（十）沈佺期

沈佺期，字云卿，相州内黄人。与宋之问齐名，时人语云："苏、李居前，沈、宋比肩。"自建安到六朝，声律屡变，至沈约、庾信而益精密，及至沈、宋，更"回忌声病，约句准篇"，尤加靡丽了。沈、宋虽均以应制诗人著称，然其所谓应制奉和等诗，一味粉饰铺张，谀扬称颂，实不足以言诗。但是，却亦不可一概而论，说他们没有好诗，佺期的诗如：

陇山飞落叶，陇雁度寒天。

愁见三秋水，分为两地泉。

西流入羌郡，东下向秦川。

征客重回首，肝肠空自怜。（《陇头水》）

巫山高不极，合沓状奇新。

暗谷疑风雨，阴崖若鬼神。

月明三峡曙，潮满九江春。

为问阳台客，应知入梦人。（《巫山高》）

非君惜鸾殿，非妾妒蛾眉。

薄命由骄虏，无情是画师。

嫁来胡地日，不并汉宫时。

心苦无聊赖，何堪马上辞！（《王昭君》）

我们读佺期的诗，觉得佺期写情的手腕并不坏，但是他名利心太重，只缘文以干禄，便堕入应制的古典诗里面，不得翻身了。

（十一）宋之问

宋之问，字延清，虢州弘农人。诗的风格和诗的地位，和沈佺期相等。但之问的才气似比佺期大些，之问的才力似乎还不致为声律所束缚，完全失却表现的能力。试看他的诗：

妾住越城南，离居不自堪。

采花惊曙鸟，摘叶喂春蚕。

懒结茱萸带，愁安玳瑁簪。

待君消瘦尽，日暮碧江潭。（《江南曲》）

浩渺浸云根，烟岚出远村。

鸟归沙有迹，帆过浪无痕。

望水知柔性，看山欲断魂。

纵情犹未已，回马欲黄昏。（《江亭晚望》）

岭外音书断，经冬复历春。

近乡情更怯，不敢问来人。（《渡汉江》）

卧病人事绝，嗟君万里行。

河桥不相送，江树远含情。

别路追孙楚，维舟吊屈平。

可惜龙泉剑，流落在丰城。（《送杜审言》）

独孤及论沈、宋云："汉魏之间，虽已朴散为器，作者犹质有余而文不足。以今揆昔，则有朱弦疏越大羹遗味之叹。沈詹事、宋考功始裁成六律，彰施五彩，使言之而中伦，歌之而成声。缘情绮靡之功，至是始备。虽去雅浸远，其利有过于古，亦犹路鼗出土鼓，篆籀生于鸟迹。"独孤氏这种见解不是很对的。律诗的完成，我们固不能不归功于沈、宋。但从律诗的根本着想，这种严格的律诗，使作者的情感思想不能充分地在诗里面表现出来，又不能不归罪于沈、宋了。

（十二）张九龄

张九龄，字子寿，韶州曲江人。做过宰相，其诗恰如其人之有大臣风度。他的《感遇》十二首，大有温柔敦厚的《诗经》风味。此外比较情感化的诗，如：

巫山与天近，烟景长青荧。

此中楚王梦，梦得神女灵。

神女去已久，云雨空冥冥。

唯有巴猿啸，哀音不可听！（《巫山高》）

自君之出矣，不复理残机。

思君如满月，夜夜减清辉。（《赋得自君之出矣》）

九龄的诗实在没有什么特殊的情调，不过熏染初唐那种秾丽的色彩很少，而多一点古意罢了。

（十三）陈子昂

陈子昂，字伯玉，梓州射洪人。他是初唐诗坛的第一个叛徒。九龄还只是私自地仿古，陈子昂则显著地提倡复古，他指摘齐梁诗的"彩丽竞繁，兴寄都绝"，他要继续五百年前的汉魏道统，他的诗如"前不见古人，后不见来者，念天地之悠悠，独怆然而涕下"（《登幽州台歌》），已经是古意很深了。但我们却不能说陈子昂已经得到了复古的成功，尤其在诗歌里面，子昂只不过向着复古的方向跑，实无值得夸张的成绩。最多，我们说子昂是唐诗第二时期的先驱者罢了。

末了，我们不要轻轻忘掉两位诗人，一是刘希夷，一是张若虚。这两位诗人的生平，已无多可考，仅传下几首诗。但就此几首诗，便看出其伟大：

刘希夷的诗，例如：

洛阳城东桃李花，飞来飞去落谁家？

洛阳女儿好颜色，行逢落花长叹息。

今年花落颜色改，明年花开复谁在？

已见松柏摧为薪，更闻桑田变成海。

古人无复洛城东，今人还对落花风。

年年岁岁花相似，岁岁年年人不同。

寄言全盛红颜子，应怜半死白头翁。

此翁白头真可怜，伊昔红颜美少年。

公子王孙芳树下，清歌妙舞落花前。

光禄池台开锦绣，将军楼阁画神仙。

一朝卧病无相识，三春行乐在谁边？

宛转蛾眉能几时，须臾鹤发乱如丝。

但看古来歌舞地，惟有黄昏鸟雀悲。（《代悲白头翁》）

张若虚的诗，例如：

春江潮水连海平，海上明月共潮生。

滟滟随波千万里，何处春江无月明。

江流宛转绕芳甸，月照花林皆似霰。

空里流霜不觉飞，汀上白沙看不见。

江天一色无纤尘，皎皎空中孤月轮。

江畔何人初见月？江月何年初照人？

人生代代无穷已。江月年年只相似。

不知江月待何人，但见长江送流水。

白云一片去悠悠，青枫浦上不胜愁。

谁家今夜扁舟子，何处相思明月楼？

可怜楼上月裴回，应照离人妆镜台。

玉户帘中卷不去，捣衣砧上拂还来。

此时相望不相闻，愿逐月华流照君。

鸿雁长飞光不度，鱼龙潜跃水成文。

昨夜闲潭梦落花，可怜春半不还家。

江水流春去欲尽，江潭落月复西斜。

斜月沉沉藏海雾，碣石潇湘无限路。

不知乘月几人归，落月摇情满江树。（《春江花月夜》）

有这样两首诗，实在足以点缀唐诗第一时期的最后的光荣。此外还有许多作家如于季子，其诗：

北伐虽全赵，东归不王秦。
空歌拔山力，羞作渡江人。（《咏项羽》）

苏颋诗：

北风吹白云，万里渡河汾。

心绪逢摇落，秋声不可闻。（《汾上惊秋》）

　　这些诗都是很可贵的。又如许敬宗、张说、张文琮、赵彦伯、李适、卢藏用、阎朝隐、郭元震，都是唐诗第一时期很值得研究的诗人。本书未列有小传，这里都从略了。

第六讲

唐诗的第二时期——盛唐

（自开元间至大历初，凡五十余年）

　　我们细察第一时期的唐诗，变迁的趋向，有几点实在是很值得注意的：第一，自沈约倡新韵律以来，第一时期的唐诗，便是跟依此路进行。到了宋之问、沈佺期时诗更"回忌声病""约句准篇"，越发靡丽了。这种靡丽诗风过量发展的结果，同时却起一个很大的反动，便是张九龄、陈子昂的复古运动。张九龄还不过自造一种古雅的风格，竭力摹古；陈子昂则旗帜鲜明地高标汉魏，高标"正始之音"，慢慢地把初唐的靡丽诗风移转过来了。第二，古诗在初唐虽然还是流行着，但初唐诗人的古诗实在远比不上汉魏时代了，偶然有几首好诗，如《代悲白头翁》《春江花月夜》，也完全不是汉魏诗的风格。尤其可注意的是，在许多初唐诗人中，他们作的古诗，往往不可读，而他们的绝句或律诗，往往清新可喜。可说这种新体诗在唐诗的第一时期，便已有相当的成功了。

　　一方面由复古运动的力量，把初唐时代的靡丽诗风打破了；一方面新起来的新体诗，又已经走上成功的路，这样一步一步下去，便造成唐诗第二时期的诗坛，即所谓盛唐时期。

　　盛唐诗的意义是什么呢？平常所谓盛唐，便是指唐诗的最盛时期，假如唐诗的全部脉络，可以形成一根起伏线，那么，盛唐便是这线的最高点。但盛唐何以盛？盛唐诗何以在唐诗里面占着特殊的位置？这问题不可不研究一番。我以为盛唐诗的成功，有两个原因：

就诗的体裁说：新体诗在初唐时代，已经试验成功，前已说过。话虽如此，我们只是承认新体诗是已经试验成功的诗体，至于怎样将这种诗体发扬光大，自非所望于初唐的诗人。我们拿初唐新体诗来与盛唐新体诗比较，便很容易发现初唐新体诗的描写，是如何地不活泼、不自然！例如盛唐最负盛誉的新体诗，如李白的《白帝下江陵》：

朝辞白帝彩云间，千里江陵一日还。
两岸猿声啼不住，轻舟已过万重山。

又如王维的《送元二使安西》：

渭城朝雨浥轻尘，客舍青青柳色新。
劝君更尽一杯酒，西出阳关无故人。

这是盛唐诗里面轰动千古的作品，其特色亦不过在描写的活泼与自然；要描写的活泼与自然，必须有艺术上的熟练。初唐是唐诗的第一时期，那还是新体诗的试验时代，自然不会马上能运用得很熟练、很巧妙。到了盛唐，已入唐诗的第二时期，在这时期的诗人，已经得第一时期许多好诗作底子，驾轻就熟，做更进一步的发扬光大，自能有必然的发展，这是盛唐诗成功的第一原因。

就诗的表现方面说：在前面已说过，初唐的时代背景是太平天下。这种太平背景所产生的文学，是太平文学。太平文学，因为内容缺乏情感的生命，所以很少有文学上的价值。盛唐所处的时代，恰与初唐相反。虽说开元中犹是歌舞升平，这个时期是很短的，不久"渔阳鼙鼓动地来，惊破《霓裳羽衣曲》"，天宝以后，便成纷乱如麻的世界。这样纷乱如麻的世界，在史学上是政治的黑暗时期，在文学上反是光明时期，平添许多给诗人可叹可悲、可歌可泣的描写资料。盛唐诗人的后半部作品，所以能引起我们的感慨哀伤，都是时代的背景使然。尤其是杜甫，我们很明显地看得出来，假如没有天宝以后纷乱时代的社会背景，杜甫的诗，绝不会有那样伟大的成功，这是可以断言的。所以说盛唐的时代背景，给与诗人在表现上最丰富的内容，这亦是盛唐诗成功的一原因。

从这两个原因，我们明白盛唐诗的发达与成功，完全是时代使然，绝不是几个大诗人，如李白、杜甫所造成的。不但不是李白、杜甫所造成的，亦不是一切盛唐诗人所造成的。反过来说：李白、杜甫以及其他盛唐诗人的诗的造诣，大半倒是由盛唐时代所造成的。往下我们根据这种时代的眼光，来研究李白、杜甫，及其他盛唐时代的诗人。

　　说到李、杜，谁亦不能否认他们是中国诗歌史上的两大权威，谁亦知道他们是中国二千年来诗坛的两大柱石。但是他们怎样造成这么伟大的权威呢？有的说李白是复古派诗人，有的说杜甫是创新派诗人，有的说杜甫是"读破万卷书"，才能"下笔如有神"，有的说李白诗的成功是由于"一生低首谢宣城"，我们总括那些批评，总不外三说：

　　（甲）天才说；

　　（乙）复古说；

　　（丙）崇新说。

　　说李、杜的伟大是由于天才的结果，这自然不是圆满的理论。李、杜固然是有特殊的天赋诗才，但是若全以天才来解释李、杜，而忽视环境与时代影响之力，那么，我们能说李、杜是以天才超越一切吗？在文学史上有天才如李、杜者实不乏其人，而成功却往往远不如李、杜，即如韩愈、苏轼的诗的造诣，实在不及李、杜，但我们却绝对不能说这是李、杜的天才高出于韩、苏。可见天才说之不能解释李、杜，这是很明显的。若说李白的诗的成就是由于复古，而杜甫的诗的成就是由于崇新，这似乎是不错了。至少也可以说这是有根据的言论了。李白自己说过："五言不如四言，七言又其靡也。"杜甫则如元稹诗云："怜渠自道当时语，不傍心源着古人。"照这样说，李白至多亦不过是追配古人，何以能成功他特殊的伟大？况且李白在实际上大作其七言诗，五言次之，四言则不但稀如凤毛麟角，而且并没有很好的。则李白此言，是否可靠，更是一个大问题。可见复古说亦是不能成立的。至于论杜甫的创新，是不容我们驳斥的，然而这只是片段的说明，而不是用理论来解释李、杜诗的全部，亦不能使人满意。老实说罢，我们如其要明白李、杜何以在诗坛上造成伟大的权威，决不能架造空中楼阁的理论，必须站在"时代文学"的立场，才能得着关于李、杜诗的正当解释。所谓时代文学，形成之条件，不外下列三项。

第一，在体裁上，必须有新的形式；

第二，在风格上，必须有新的格调；

第三，在描写上，必须有新的内容。

盛唐之所以伟大，因其一方面接受南北两朝文学合成的新诗格，一方面继承初唐新体诗的发展，同时又得着时代背景所给与特殊丰富的描写资料。现在更进一步说：李白、杜甫之所以伟大，便是能为盛唐诗坛的领袖。这便是说：李、杜诗的特色，是在有新的形式，有新的风格，有新的内容。这种形式、风格、内容，在李、杜的作品里面，都显示很大的成功。而李、杜的成功，恰好各人造成两种不同的诗的倾向，往下分别介绍他们的作品。

（一）李白

李白，字太白，陇西成纪人。少年生活，可由他的《上韩荆州书》："白陇西布衣，流落楚汉。十五好剑术，遍干诸侯。三十成文章，历抵卿相。"看得出是带有几分侠气。三十以后，曾在玄宗时代，有一段贵显的生活。但往下便到处飘流。有时痛饮狂歌，有时求仙受道。他走遍赵魏燕晋，涉邠岐，经洛阳、淮泗诸地，而入会稽。后来或流浪于河洛梁园，忽又僻居庐山。其后竟以犯罪长流夜郎。赦还之后，仍然继续过他飘泊的生活，以至于死。葬于当涂之青山。时年六十二。飘泊本是诗人的生涯。李白漫游天下，不仅扩大胸襟，亦且成就了其诗的伟大豪放！

李白有伟大的时代背景，有丰富的诗人生活，加上天才的高绝，气魄的磅礴，怎样不成就诗的伟大呢？

说到李白的诗，没有不称道他的五七言歌行的。他的五言歌行如《短歌行》《关山月》《妾命薄》《月下酌酒》《子夜歌》，七言歌行如《乌栖曲》《乌夜啼》《把酒问月》《灞陵行》一类的诗，都是很脍炙人口的。例如：

妾发初覆额，折花门前剧。

郎骑竹马来，绕床弄青梅。

同居长干里，两小无嫌猜。

十四为君妇，羞颜未尝开。

低头向暗壁，千唤不一回。

十五始展眉，愿同尘与灰。

常存抱柱信，岂上望夫台？

十六君远行，瞿塘滟滪堆。

五月不可触，猿声天上哀。

门前迟行迹，一一生绿苔。

苔深不能扫，落叶秋风早。

八月蝴蝶来，双飞西园草

感此伤妾心，坐愁红颜老。

早晚下三巴，预将书报家。

相迎不道远，直至长风沙。（《长干行》）

像这样的诗自然不坏，但这种诗实在不足以表现太白的气魄。而且太白的五言歌行，实不如他的七言长歌，往往有淋漓放肆的壮气，例如：

君不见黄河之水天上来，奔流到海不复回。

君不见高堂明镜悲白发，朝如青丝暮成雪。

人生得意须尽欢，莫使金樽空对月。

天生我材必有用，千金散尽还复来。

烹羊宰牛且为乐，会须一饮三百杯。

岑夫子，丹邱生，将进酒，君莫停。

与君歌一曲，请君为我侧耳听：

钟鼓馔玉不足贵，但愿长醉不复醒。

古来圣贤皆寂寞，唯有饮者留其名。

陈王昔时宴平乐，斗酒十千恣欢谑。

主人何为言少钱，径须沽取对君酌。

五花马，千金裘，呼儿将出换美酒，与尔同销万古愁！（《将进酒》）

我们读太白诗，往往有"黄河之水天上来"之感，如"噫！吁！哦！危乎！高哉！"，如"弃我去者，昨日之日不可留！乱我心者，今日之日多烦忧"，如"划却君山好，平铺江水流，巴陵无限酒，醉杀洞庭秋"，这些诗都是全无边际地突如其来，说到中间，忽五言忽七言，仿佛一个神游病者要和人拼命一般，令人吓倒；又仿佛千军万马奔来，有移山倒海之势，如真个要"我且为君搥破黄鹤楼，君亦为吾蹴倒鹦鹉洲"，令人惊绝！五七言古诗到唐本是已经死去的诗体了，但以李白的气魄宏大，运用得如生龙活虎，所以还值得后人称道。但李白诗的最大的成功却实不在这种古体诗。单就古体诗讲，汉魏六朝早已成功，李白的古诗虽好，却亦未能超迈前人，所以杜甫评李白的古诗有："清新庾开府，俊逸鲍参军""李侯有佳句，往往似阴铿"之语，可见李白的古诗是模拟，不是创造，已落第二义了。并且李白在许多歌行里面，往往不免有说空话的习气，亦是缺点。仅就古诗来论李白，李白实没有

全超脱汉魏的境界。然李白诗的最大成就，并不在此。他的最大成
就，是在近体诗，尤其是绝句。我们最少总读过：

床前看月光，疑是地上霜。
举头望山月，低头思故乡。（《静夜思》）

这是何等真挚！何等自然！又如：

玉阶生白露，夜久侵罗袜。
却下水晶帘，玲珑望秋月。（《玉阶怨》）

对酒不觉暝，落花盈我衣。
醉起步溪月，鸟还人亦稀。（《自遣》）

美人卷珠帘，深坐颦蛾眉。
但见泪痕湿，不知心恨谁？（《怨情》）

渌水明秋月，南湖采白蘋。
荷花娇欲语，愁杀荡舟人。（《渌水曲》）

羌笛梅花引，吴溪陇水清。

寒山秋浦月，肠断玉关情。（《青溪半夜闻笛》）

天下伤心处，劳劳送客亭。

春风知别苦，不遣柳条青。（《劳劳亭》）

李白的古诗，气胜于情，应该说是抒气诗。他的绝句诗，情胜
于气，才算是抒情诗。如爱他的抒情诗，尤不可以不读他的七绝：

云想衣裳花想容，春风拂槛露华浓。

若非群玉山头见，会向瑶台月下逢。

一枝秾艳露凝香，云雨巫山枉断肠。

借问汉宫谁得似，可怜飞燕倚新妆。

名花倾国两相欢，长得君王带笑看。

解释春风无限恨，沉香亭北倚阑干。（以上《清平调》）

桂殿长愁不记春，黄金四屋起秋尘。

夜悬明镜青天上，独照长门宫里人。（《长门怨》）

骝马新跨白玉鞍，战罢沙场月色寒。

城头铁鼓声犹震，匣里金刀血未干。（《从军行》）

百战沙场碎铁衣，城南已合数重围。

突营射杀呼延将，独领残兵千骑归。（《从军行》）

谁家玉笛暗飞声，散入春风满洛城。

此夜曲中闻折柳，何人不起故园情。（《春夜洛城闻笛》）

洞庭西望楚江分，水尽南天不见云。

日落长沙秋色远，不知何处吊湘君！（《陪族叔刑部侍郎晔及中书贾舍人至游洞庭》）

故人西辞黄鹤楼，烟花三月下扬州。

孤帆远影碧空尽，惟见长江天际流。（《黄鹤楼送孟浩然之广陵》）

越王勾践破吴归，战士还家尽锦衣。

宫女如花满春殿，只今惟有鹧鸪飞。（《越中览古》）

骏马骄行踏落花，垂鞭直拂五云车。

美人一笑褰珠箔，遥指红楼是妾家。（《陌上赠美人》）

太白的七绝，几乎首首都是很好的抒情诗。与其说太白是复古诗人，不如说太白是新体诗的圣手。王元美云："五七言绝，太白神矣；七言歌行，太白圣矣。"我们要改说："五言绝，太白神矣；七言绝，太白圣矣！"王士禛云："唐三百年以绝句擅场，即唐三百年之乐府也。"又云："七言绝句，少伯与太白，争胜毫厘，俱是神品。"王世懋云："绝句之源出于乐府，……盛唐惟青莲龙标二家诣极，李更自然。"（《艺圃撷余》）据此以观，以新体绝诗推重李白，古人已先获我心了。

（二）杜甫

杜甫，字子美。本籍襄阳。徙居巩。诗人杜审言之孙。陈后山《诗话》云："黄鲁直言：子美之诗法，由于审言。"此语虽不甚确，然子美之于诗，确属渊源家学，七岁即已能诗。贡举不第。进《三大礼赋》，授京兆府兵曹参军。经安禄山之乱，转徙流离，几死于难。肃宗即位，拜为左拾遗。后入蜀依严武。严武死，川中大乱，又携家避至荆楚，死于耒阳。年五十九。

杜甫是有用世热忱的人，很想建功立业。他在《奉赠韦左丞》诗里说："……自谓颇挺出，立登要路津。致君尧舜上，再使风俗淳……"可见很有心改造社会。无如用世之心愈切，却无往而不失意。所谓"百年歌自苦，未见有知音""此生任草木，垂老独漂萍"，可见老杜晚年的感慨生哀了。但是那种到处荆棘的环境，虽然磨折杜甫在政治上的生活，却成就杜甫在文学上的造诣。我们怜他的身世，愈尊重他的作品。假如杜甫无那样困苦艰辛的经历，那么，杜诗里面那种描写社会痛苦的最精彩的诗，是不会有的。中国文人往往只有吟风弄月的生活，只有升官发财的生活，所以作品也只是些空头大话。我们研究杜诗，正是要从这种特殊生活上，才看得出杜诗的伟大！

用时代文学的眼光，我们发现杜甫诗有两方面的成功：

（1）有生活内容的悲剧叙事诗；

（2）有情感生命的新体律诗。

前者是杜诗的内容在表现上的新的成功，后者是杜诗的形体在创造运用上的新的成功。这话怎讲呢？严格讲来，我们不能说杜诗里面有多少叙事诗，但就具体的描写社会痛苦一方面讲，我们安它一个悲剧的叙事诗的名词，亦无不妥。我们晓得古诗的形体，原是过去的旧物了，杜甫的古诗不过是借用这种便于叙事的古诗体裁，来抒写新资料的社会生活。形体是旧的。内容是新的。所以我们说是有生活内容的悲剧叙事诗。这种诗在杜甫集里是不少的，如《垂老别》《新婚别》《石壕吏》《哀江头》《无家别》《新安吏》等，都是很有名的作品，且举一首《兵车行》为例：

车辚辚，马萧萧，行人弓箭各在腰。

耶娘妻子走相送，尘埃不见咸阳桥。

牵衣顿足拦道哭，哭声直上干云霄。

道旁过者问行人，行人但云点行频。

或从十五北防河，便至四十西营田。

去时里正与裹头，归来头白还戍边。

边庭流血成海水，武皇开边意未已。

君不见汉家山东二百州，千村万落生荆杞。

纵有健妇把锄犁，禾生陇亩无东西。

况复秦兵耐苦战，被驱不异犬与鸡。

长者虽有问，役夫敢申恨？

且如今年冬，未休关西卒。

县官急索租，租税从何出？

信知生男恶，反是生女好。

生女犹得嫁比邻，生男埋没随百草。

君不见，青海头，古来白骨无人收。

新鬼烦冤旧鬼哭，天阴雨湿声啾啾！

蔡宽夫《诗话》云："齐梁以来，文士喜为乐府，词往往失其命题本意，惟老杜《兵车行》《悲青坂》《无家别》等篇，皆因时事，自出主意立题，略不更踏前人陈迹……"这便是说杜甫的古诗，只是用古乐府的体裁，写新时代的生活，全脱古人的窠臼，自己创造新题。这不能不说是杜诗最大的成功。往后的诗人白居易、元稹，都是受杜甫古诗的影响很深的，但他们的描写，都不及老杜深刻动人。王渔洋论古诗谓："惟杜甫横绝古今，同时大匠，无敢抗行。"实非过誉。

　　老杜的古诗还是用旧形体来表现新内容，至于他的新体诗，完全是用新形体来表现新内容，我们称他这种诗为有情感生命的新体诗。原来新体诗格律甚严，要想在这种格律极严的新体诗里面，尤其是律诗，表现出活泼的情感，是极不容易的，虽沈（佺期）宋（之问）号称律诗圣手，亦不过以铺张工丽著名。独至杜甫能够将活跃的情感，无碍地注入严格的律诗里面去，不但不现雕琢之迹，而且描写得如天衣无缝，这才令人拜服其艺术之神妙。例如：

　　　　剑外忽传收蓟北，初闻涕泪满衣裳。

　　　　却看妻子愁何在，漫卷诗书喜欲狂！

　　　　白日放歌须纵酒，青春作伴好还乡。

　　　　即从巴峡穿巫峡，便下襄阳向洛阳。（《闻官军收河南河北》）

　　　　风急天高猿啸哀，渚清沙白鸟飞回。

　　　　无边落木萧萧下，不尽长江滚滚来。

　　　　万里悲秋常作客，百年多病独登台。

　　　　艰难苦恨繁霜鬓，潦倒新停浊酒杯。（《登高》）

国破山河在，城春草木深。

感时花溅泪，恨别鸟惊心。

烽火连三月，家书抵万金。

白头搔更短，浑欲不胜簪。（《春望》）

律诗形式的完成，虽远在初唐，然运用律诗的形式，而得着最大的收获，便首推杜甫。李白虽亦做律诗，并且有很好的，如"凤凰台上凤凰游"实在难得的杰作；但就大体说，李白实不以律诗见长，这犹如杜甫之不能作绝句诗一样。杜甫能够在十分板滞的律诗里面，随意抒发他那歌哭惊喜的感情，毫无束缚，这是别的诗人所不能的。但他却不能运用形式比律诗更自由的绝句，这或许是天才的缺陷吧。在许多批评李、杜的言论当中，有不少可笑的议论，只有韩愈所说的"李、杜文章在，光焰万丈长"和严羽说的"子美不能为太白之飘逸；太白不能为子美之沉郁"，还有些近似。但以我们的眼光窥测李、杜，便只能认定李、杜的伟大，是在对于新体诗形式与内容创造运用的成功，是在代表时代文学的两大倾向；盛唐及以后的诗人，除少数外，都只是在李、杜的范围内求发展，都受李、杜诗的支配，下文要详细列出来。

（三）边塞派

在唐诗的第二时期中，如王昌龄、高适、岑参、王翰、王之涣等人，可认为是隶属李白一派。这并不是说他们都受过李白诗的影响和指导；他们都是各不相师的同时诗人，不过因为受同一时代环境的影响，往往因作风的渲染，于是在诗歌上造成几个相同的倾向：

（1）他们都长于作气魄宏大抒写英雄怀抱的长篇古风；

（2）他们都长于描写边塞、风调悲壮的七言绝句诗；

（3）他们都长于描写闺怨、闺情、宫怨。

就大体说来，我们可以称这派诗人为边塞派。虽然他们所作宫怨一类的诗，不能归纳到边塞诗里去，但宫怨诗不是盛唐诗人所特创的诗风，不足以表现盛唐诗的特色。他们所描写最重要的对象和最大成功的作品，便是边塞诗。很多的闺怨、闺情的描写，就其意义讲，还是边塞诗的意义。

他们作边塞诗的体裁，多半是用七绝。他们最大的成功也在此，因为是用新的形体来表现新的内容。但有时描写的内容太丰富，七绝只有二十八字，是不能容纳的，便非用古诗的体裁不可。在这种用旧的古诗体裁里面，因为所表现的是新资料，还不失为新时代的文学。我们读过李白那些《行路难》一类波澜壮阔的诗，和杜甫描写社会痛苦的长歌，完全是表现新时代的色彩情调。不过在盛唐里面，像杜甫那般肆力表现社会痛苦的诗，很不容易找出来，而摹写豪侠的诗，就是这些边塞派诗人最擅长的作品。

如高适的：

汉家烟尘在东北，汉将辞家破残贼。

男儿本自重横行，天子非常赐颜色。

摐金伐鼓下榆关，旌旗逶迤碣石间。

校尉羽书飞瀚海，单于猎火照狼山。

山川萧条极边土，胡骑凭陵杂风雨。

战士军前半死生，美人帐下犹歌舞。

大漠穷秋塞草腓，孤城落日斗兵稀。

身当恩遇恒轻敌，力尽关山未解围。

铁衣远戍辛勤久，玉箸应啼别离后。

少妇城南欲断肠，征人蓟北空回首。

边庭飘飖那可度，绝域苍茫更何有。

杀气三时作阵云，寒声一夜传刁斗。

相看白刃血纷纷，死节从来岂顾勋。

君不见，沙场征战苦，至今犹忆李将军。（《燕歌行》）

岑参的：

君不见，走马川行雪海边，平沙莽莽黄入天。

轮台九月风夜吼，一川碎石大如斗，随风满地石乱走。

匈奴草黄马正肥，金山西见烟尘飞，汉家大将西出师。

将军金甲夜不脱，半夜军行戈相拨，风头如刀面如割。

马毛带雪汗气蒸，五花连钱旋作冰，幕中草檄砚水凝。

虏骑闻之应胆慑，料知短兵不敢接，车师西门伫献捷。（《走马川行奉送出师西征》）

李颀的：

白日登山望烽火，黄昏饮马傍交河。

行人刁斗风沙暗，公主琵琶幽怨多。

野云万里无城郭，雨雪纷纷连大漠。

胡雁哀鸣夜夜飞，胡儿眼泪双双落。

闻道玉门犹被遮，应将性命逐轻车。

年年战骨埋荒外，空见蒲桃入汉家。（《古从军行》）

岑参有句云："早知逢世乱，少小谩读书。悔不学弯弓，向东射狂胡。"这种心理，大约足以代表当时大部分文人的心理。但既已著儒冠，亦就没有办法，于是一团豪壮之气，只有泄之于诗，遂促成盛唐边塞诗的发展。

人或以为只有李、杜，便足以成盛唐诗的伟大，而忽视其他的诗人。我们千万不要落入这样的误解：我们要认定新体诗在盛唐是最活跃的时期，又是最成功的时期。那么，新体诗在盛唐能够得到最大的成功，也端赖多数盛唐诗人的努力。尤其是这些边塞派诗人，他们替诗坛开辟了一块新的描写的境界，完全冲破从前文艺的藩篱，用新的字眼语调，造成一种新气象的作风，实在令人惊服他们创造力的伟大。

例如王昌龄的诗：

琵琶起舞换新声，总是关山离别情。

撩乱边愁听不尽，高高秋月照长城。（《从军行》其二）

青海长云暗雪山，孤城遥望玉门关。

黄沙百战穿金甲，不破楼兰终不还！（《从军行》其四）

大漠风尘日色昏，红旗半卷出辕门。

前军夜战洮河北，已报生擒吐谷浑。（《从军行》其五）

秦时明月汉时关，万里长征人未还。

但使龙城飞将在，不教胡马度阴山。（《出塞》）

王翰的诗：

葡萄美酒夜光杯，欲饮琵琶马上催。

醉卧沙场君莫笑，古来征战几人回？（《凉州词》）

王之涣的诗：

黄河远上白云间，一片孤城万仞山。
羌笛何须怨杨柳，春风不度玉门关。（《凉州词》）

高适的诗：

铁骑横行铁岭头，西看逻逤取封侯。
青海只今将饮马，黄河不用更防秋。（《九曲词》）

雪净胡天牧马还，月明羌笛戍楼间。
借问梅花何处落，风吹一夜满关山。（《塞上听吹笛》）

岑参的诗：

汉将承恩西破戎，捷书先奏未央宫。
天子预开麟阁待，只今谁数贰师功。（《献封大夫破播仙凯歌》
其一）

日落辕门鼓角鸣，千群面缚出蕃城。
洗兵鱼海云迎阵，秣马龙堆月照营。（《献封大夫破播仙凯歌》
其四）

这些小诗在当代都是轰动一时的作品，如"黄河远上白云间"一诗，旗亭推为绝唱。"秦时明月汉时关"一诗，李沧溟推为唐诗压卷。"葡萄美酒夜光杯"一诗，尤为后人所称道。就中以王昌龄为最负七绝诗誉，杨慎云："龙标绝句，无一篇不佳。"盖昌龄以七绝圣手，不仅擅边塞诗的描写，此外写宫怨，如"奉帚平明金殿开，且将团扇暂徘徊。玉颜不及寒鸦色，犹带朝阳日影来"；写闺情，如"闺中少妇不曾愁，春日凝妆上翠楼。忽见陌头杨柳色，悔教夫婿觅封侯"，都是七绝中上品。单就新体诗的造诣说，王昌龄实在占有与李、杜平行的地位，这是王士祯辈都说过的。

（四）山水派

在这同一时期的唐诗人中，显然另有一派诗人，他们不但不隶属于李白们的边塞派，也与杜甫描写社会诗格不同。可以说他们的诗与时代社会无关，他们都是些享乐自然、啸傲山水的诗人。虽说国破家亡，到处纷乱，已经激动了许多诗人的慷慨与哀伤，但是这派吟风弄月的诗人，却全不为环境所动，仍旧享受自我主义的生活。这些诗人便是王维、孟浩然、储光羲、丘为、元结、崔国辅、贾至、常建辈。就这些诗人的诗的性质讲，又可以取一个总名，叫作山水派诗人。

所以有这些山水派诗人的原故，一半是宦场失意，一半是他们爱闲散的生活。这派诗人最缺乏的，是伟大的气魄和浓挚的情感，所以作品不能悲壮激昂。但是他们的诗才都是很好的。

王维是画家而兼诗人。在王维诗中，常能表现一种画意，不是别人所能企及。苏轼云："维诗中有画，画中有诗。"可见王维的诗境，是由画境造成的。例如：

太乙近天都，连山接海隅。

白云回望合，青霭入看无。

分野中峰变，阴晴众壑殊。

欲投人处宿，隔水问樵夫。（《终南山》）

楚塞三湘接，荆门九派通。

江流天地外，山色有无中。

郡邑浮前浦，波澜动远空。

襄阳好风日，留醉与山翁。（《汉江临泛》）

空山不见人，但闻人语响。

返景入深林，复照青苔上。（《鹿柴》）

山中相送罢，日暮掩柴扉。

春草明年绿，王孙归不归？（《山中送别》）

王维原是仕宦中人，官至尚书右丞，中年以后，才过田园生活。他住在宋之问筑的辋川别墅，山川佳胜，与道友终日啸咏。在这种美好生活的沉醉中，才完成其田园诗的伟大。王维长于五言诗，但七言也未尝没有好的，如《渭城曲》：

渭城朝雨浥轻尘，客舍青青柳色新。

劝君更尽一杯酒，西出阳关无故人。

在当时最负佳誉，至被乐人谱为《阳关三叠》。殷璠说："维诗词秀调雅，意新理惬，在泉成珠，著壁成绘。"这是最合维诗的一种批评。

孟浩然的生活，比王维更放浪。他自因"不才明主弃"的一句诗忤犯玄宗以后，便无意于仕宦。李白《赠孟浩然》诗："吾爱孟夫子，风流天下闻。红颜弃轩冕，白首卧松云。醉月频中圣，迷花不事君。高山安可仰，徒此揖清芬。"这几句诗最能表白孟浩然的性格和生活。其诗一如其人。例如：

故人具鸡黍，邀我至田家。

绿树村边合，青山郭外斜。

开筵面场圃，把酒话桑麻。

待到重阳日，还来就菊花。（《过故人庄》）

山暝闻猿愁，沧江急夜流。

风鸣两岸叶，月照一孤舟。

建德非吾土，维扬忆旧游。

还将两行泪，遥寄海西头。（《宿桐庐江寄广陵旧游》）

寂寂竟何待，朝朝空自归。

欲寻芳草去，惜与故人违。

当路谁相假，知音世所稀。

只应守索寞，还掩故园扉。（《留别王维》）

浩然才力与王维相匹，诗的风格与造诣均相似，故号称王孟，论者至谓"李杜为尤，能介乎其间而无愧者，浩然耳"。此语浩然实可当之而无愧。

储光羲亦是一位山水派诗人。他在一首《田家杂兴》诗里说："众人耻贫贱，相与尚膏腴。我情既浩荡，所乐在畎渔。……所愿在优游，州县莫相呼。日与南山老，兀然倾一壶。"这显然是陶潜式的生活。但储光羲并非毫无功名之念，徒以宦场失意，才伏处田园，故不如陶潜生活的真朴。其诗如：

桑柘悠悠水蘸堤，晚风晴景不妨犁。

高机犹织卧蚕子，下坂饥逢饷馌妻。

杏色满林羊酪熟，麦凉浮垄雉媒低。

生时乐死皆由命，事在皇天志不迷。（《田家即事》）

储光羲的诗往往有几句描写很好，却难有全首好的。例如这首《田家即事》，前几句写田家生活如画，末了加上两句浅薄的命定论的话却坏了。光羲的诗本来很好，但太模拟陶潜，首首诗都有个陶潜式的调子，这要说是光羲诗的不幸。其实，也不能单怪光羲，王维、孟浩然亦何尝不模仿陶潜。沈德潜论唐人学陶诗云："王右丞得其清腴，孟山人得其闲远，储太祝得其真朴，韦苏州得其冲和，柳柳州得其峻洁。"于此可见唐朝的山水派诗人，都模仿陶潜，所以永远屈服于陶潜之下。

盛唐中王维辈的山水诗的成功，远比不上王昌龄辈的边塞诗成功的伟大，便是这个缘故。

此外诗人的诗，如綦毋潜的《过融上人兰若》：

山头禅室挂僧衣，窗外无人溪鸟飞。

黄昏半在下山路，却听钟声连翠微。

崔国辅的《白纻词》：

洛阳梨花落如霰，河阳桃叶生复齐。

坐恐玉楼春欲尽，红绵粉絮裹妆啼。

裴迪的《宫槐陌》：

门前宫槐陌，是向欹湖道。
秋来山雨多，落叶无人扫。

常建的《送宇文六》：

花映垂杨汉水清，微风林里一枝轻。
即今江北还如此，愁杀江南离别情。

丘为的《左掖梨花》：

冷艳全欺雪，余香乍入衣。
春风且莫定，吹向玉阶飞。

崔颢的《王家少妇》：

十五嫁王昌，盈盈入画堂。
自矜年最少，复倚婿为郎。

舞爱前溪绿，歌怜子夜长。

闲来斗百草，度日不成妆。

元结的《欸乃曲》：

湘江二月春水平，满月和风宜夜行。

唱桡欲过平阳戍，津吏相呼问姓名。

贾至的《泛洞庭》：

枫岸纷纷落叶多，洞庭秋水晚来波。

乘兴轻舟无近远，白云明月吊湘娥。

这些作家，不能说是完全隶属山水诗派，却也常有很好的诗，但今不多说了。

第七讲

唐诗的第三时期——中唐

（由大历初至文宗太和九年，凡七十余年）

盛唐时期的诗人渐渐老死，盛唐的诗坛便不能支持了。这时又有一班新诗人起来，造成唐诗第三时期的诗坛，即所谓中唐时期。这时期的诗坛更热闹，有名的诗人亦更多，派别亦更繁了。

这第三时期诗坛的时代背景实在是最纷乱。

盛唐时代还有开元朝的开明政治，自天宝乱后，国事即不可收拾，到中唐时期，纷乱越厉害了。在朝廷方面，继续有朋党之争；在宫禁里继续有宦者之祸；国境之内，继续有藩镇之乱；国境之外，继续有强寇之患，社会异常地不安宁，到处有战争、杀伐、纷乱。这样纷乱的结果对于诗人便有两种影响：第一是使诗人不能安居乐处。中国诗人本来只是安居于斗室之中，闭门吟咏，所以作不出好诗。这样一来，使诗人不能安居，而经历一种游历式的奔波生活。这种生活，对于诗的创作，是很有益处的。在诗中许多行旅、饯别、赠答、怀古、登览、伤感的杰作，都是由于这种生活所造成。第二是供给诗人以描写的资料，尤其关于社会病态、丑恶的表现，最容易引起诗人的热情。如白居易、元稹的诗，便是受社会的刺激形成的。

纷乱便是中唐诗的泉源，大约无可疑了。今再分析中唐诗的内容：

中唐诗的内容，显分四派发展。一部分的作者，在形体上，仍是接续王昌龄、李白的绝句诗的发展，但他们的描写，却并不着重于边塞诗，而用于各方面普遍生活，如李益、刘禹锡、张继、顾况及大历十才子的一部分是。一部分的作者，仍是继承王维、孟浩然辈的山水诗的发展，但他们的描写，却不专用五律七律与古诗，而试用五绝七绝，如韦应物、柳宗元、李嘉祐、刘长卿诸人是。一部分的作者，承袭杜甫的作风，着重在表现社会的痛苦，但他们的描写更通俗了，如白居易、元稹诸人是。还有一部分的作者，承袭李白的诗格，力求描写得特殊，走入流于神奇险僻，如韩愈、李贺、孟郊诸人是。这四派的发展，可说都是唐诗的适应进化的创造与发展。

今先从李益一派以绝句擅场的诗人说起。

（一）李益

益少负词场盛名，每作一篇，乐工辄以贿赂求之，唱为供奉天子的歌辞。其《夜上受降城闻笛》一诗，且施之图画。这位诗人虽备受当时推许，但一生异常困厄，李益的绝句虽已失却盛唐悲壮的风格，但无损于他的绝句的好处。

嫁得瞿塘贾，朝朝误妾期。

早知潮有信，嫁与弄潮儿。（《江南曲》）

水纹珍簟思悠悠，千里佳期一夕休。

从此无心爱良夜，任他明月下西楼。（《写情》）

回乐峰前沙似雪，受降城外月如霜。

不知何处吹芦管，一夜征人尽望乡。（《夜上受降城闻笛》）

汴水东流无限春，隋家宫阙已成尘。

行人莫上长堤望，风起杨花愁杀人！（《汴河曲》）

李益的绝句比盛唐诗人的描写更觉进步。他的七绝几乎没有一首不好。如他的《宫怨》："似将海水添宫漏，共滴长门一夜长。"描写何等地深刻。又如《听晓角》："无限塞鸿飞不度，秋风吹入小单于。"不言凄凉，而边塞的凄凉如见。七绝的造诣到此，可算是最高的境界了。

（二）刘禹锡

禹锡诗的成功也在绝句，而且在七绝。他为人很有傲气，屡仕于朝，屡遭放逐，皆以作诗之故。尝作《金陵怀古》诗，白居易、元稹与韦应物均为之搁笔。因与白居易同时，号称刘白。

　　山围故国周遭在，潮打空城寂寞回。

　　淮水东边旧时月，夜深还过女墙来。（《石头城》）

　　朱雀桥边野草花，乌衣巷口夕阳斜。

　　旧时王谢堂前燕，飞入寻常百姓家。（《乌衣巷》）

　　炀帝行宫汴水滨，数株残柳不胜春。

　　晚来风起花如雪，飞入宫墙不见人。（《杨柳枝词》）

　　刘禹锡的模仿民间歌谣的《淮阴行》《杨柳枝词》《竹枝词》《踏歌词》等，都是最好的作品，如：

　　杨柳青青江水平，闻郎江上踏歌声。

　　东边日出西边雨，道是无晴却有晴。（《竹枝词》）

　　又如：

　　山桃红花满上头，蜀江春水拍山流。

　　花红易衰似郎意，水流无限似侬愁。（《竹枝词》）

这都是很有趣的民间化的文艺，唐人诗本接近民众，所以刘禹锡信笔写来，便成绝妙白话诗。

（三）顾况

这是一位诙谐的诗人，以诗语调谑，竟遭贬逐，啸傲山林而老死。诗的才力和造诣似乎不及李益、刘禹锡。但在中唐诗坛里，他的绝句不是没有地位的。

故园黄叶满青苔，梦后城头晓角哀。
此夜断肠人不见，起行残月影徘徊。（《听角思归》）

五湖秋叶满行船，八月灵槎欲上天。
君向长安余适越，独登秦岭望秦川。（《送李秀才入京》）

（四）张继

张继是一位不负盛名的诗人，但他的绝句却往往有极工的。例如：

月落乌啼霜满天，江枫渔火对愁眠。
姑苏城外寒山寺，夜半钟声到客船。（《枫桥夜泊》）

彩楼歌馆正融融，一骑星飞锦帐空。

老尽名花春不管，年年啼鸟怨东风。（《金谷园》）

（五）韩翃

韩翃负当代的诗誉，和李益相同。曾以诗受知于德宗，一篇一咏，皆为朝野所珍。例如：

春城无处不飞花，寒食东风御柳斜。

日暮汉宫传蜡烛，轻烟散入五侯家。（《寒食》）

浮云不共此山齐，山霭苍苍望转迷。

晓月暂飞千树里，秋河隔在数峰西。（《宿石邑山中》）

韩翃诗有"星河秋一雁，砧杵夜千家"，一时传为名句，但韩翃的律诗的造诣实不及绝句。

（六）卢纶

卢纶不以律诗见长，而绝句颇见才气。他的五绝有《塞下曲》最好：

鹫翎金仆姑，燕尾绣蝥弧。

独立扬新令，千营共一呼。

林暗草惊风，将军夜引弓。

平明寻白羽，没在石棱中。

月黑雁飞高，单于夜遁逃。

欲将轻骑逐，大雪满弓刀。

在缺乏边塞诗的中唐，这自是很可贵的。卢纶的七绝，亦有很好的，如：

自拈裙带结同心，暖处偏知香气深。

爱捉狂夫问闲事，不知歌舞用黄金。（《古艳诗》）

（七）钱起等

钱起、李端、司空曙、皇甫曾、郎士元，都是大历十才子中人。他们对于律诗方面，都是很卖气力的，但都无甚成就。《四库提要》云："大历以还，诗格初变，开宝浑厚之气渐远渐漓，风调相高，稍趋浮响，升降之关，十子实为之职志。"按大历十才子在盛唐、中唐之间，实继承盛唐诗风的转钮，关系实在很大；不过他们的气魄小，才力微，虽有浮响的趋势，但对于中唐诗风实在没有多大的影响。

这一派的诗人略如上述。往下讲韦应物一派以山水诗擅长的诗人。

（八）韦应物

要明白他的生活与嗜好，最好读他的《游西山》诗：

时事方扰扰，幽赏独悠悠。
弄泉朝涉涧，采石夜归州。
挥翰题苍峭，下马历嵌丘。
所爱唯山水，到此即淹留。

应物的政治生活无可述。他的诗歌，全属游山玩水的作品。相传他有一种洁癖，所至焚香扫地而坐，仅有顾况、刘长卿、僧皎然得与之酬唱。其诗亦如其人，闲淡简远，人比之陶潜。诗如：

今朝郡斋冷，忽念山中客。
涧底采荆薪，归来煮白石。
欲持一瓢酒，远寄风雨夕。
落叶满空山，何处寻行迹？（《寄全椒山中道士》）

怀君属秋夜，散步咏凉天。

山空松子落，幽人应未眠。（《秋夜寄丘员外》）

独怜幽草涧边生，上有黄鹂深树鸣。
春潮带雨晚来急，野渡无人舟自横。（《滁州西涧》）

紫阁西边第几峰，茅斋夜雪虎行踪。
遥看黛色知何处，欲出山门寻暮钟。（《答东林道士》）

韦应物无论用古诗，用律诗，用绝句，来描写山水田园，都有很好的成功。他虽不是画家，但"春潮带雨晚来急，野渡无人舟自横"，何异一幅画图？

（九）柳宗元

宗元与韦应物齐名，号称韦柳。宗元是负一代盛誉的古文家，他的山水游记最佳妙，其诗亦如其文的隽永多趣。其诗如：

千山鸟飞绝，万径人踪灭。
孤舟蓑笠翁，独钓寒江雪。（《江雪》）

渔翁夜傍西岩宿，晓汲清湘燃楚竹。
烟销日出不见人，欸乃一声山水绿。

回看天际下中流，岩上无心云相逐。（《渔翁》）

宦情羁思共凄凄，春半如秋意转迷。
山城过雨百花尽，榕叶满庭莺乱啼。（《柳州二月榕叶落尽偶题》）

有人说：柳宗元诗学谢灵运，这是皮相的批评。实则宗元受陶潜的影响很深，而不落其窠臼，故能保其独立的作风。

（十）李嘉祐

嘉祐是大历十才子之一，论者谓其诗丽婉，有齐梁风。他的五律和七绝都好，例如：

傲吏身闲笑五侯，西江取竹起高楼。
南风不用蒲葵扇，纱帽闲眠对水鸥。（《寄王舍人竹楼》）

诗思禅心共竹闲，任他流水向人间。
手持如意高窗里，斜日沿江千万山。（《题道虔上人竹房》）

李嘉祐用七绝描写山水，而得幽闲之趣，是值得赞美的。

（十一）刘长卿

长卿在当代诗名藉甚，权德舆谓为五言长城。皇甫湜亦云："诗未有刘长卿一句，已呼宋玉为老兵。"其见重当时，有若此者。长卿虽为仕宦中人，但他功名之念很轻，尝感叹：

一官成白首，万里寄沧州。

久被浮名系，能无愧海鸥？（《松江独宿》）

在他的一首《偶然作》里说：

野寺长依止，田家或往还。

老农开古地，夕鸟入寒山。

书剑身同废，烟霞吏共闲。

岂能将白发，扶杖出人间？

因为长卿的生活性情，最富于山水田园之趣，所以他的山水田园诗，也造诣特深。

孤云将野鹤，岂向人间住。

莫买沃洲山，时人已知处。（《送方外上人》）

荒凉野店绝，迢递人烟远。

苍苍古木中，多是隋家范。（《答崔载华问》）

空洲夕烟敛，望月秋江里。

历历沙上人，月中孤渡水。（《江中对月》）

摇落暮天迥，青枫霜叶稀。

孤城向水闭，独鸟背人飞。

渡口月初上，邻家渔未归。

乡心正欲绝，何处捣寒衣。（《馀干旅舍》）

汀洲无浪复无烟，楚客相思益渺然。

汉口夕阳斜渡鸟，洞庭秋水远连天。

孤城背岭寒吹角，独戍临江夜泊船。

贾谊上书忧汉室，长沙谪去古今怜！（《自夏口至鹦鹉洲夕望
岳阳寄元中丞》）

高仲武评长卿云："诗体虽不新奇，甚能炼饰，十首以上，语
意稍同，于落句尤甚，此其短也。然'春风吴草绿，古木剡山深。
明日沧州路，归云不可寻'；又'沙鸣惊小吏，明月上高枝'；又
'细雨湿衣看不见，闲花落地听无声'，截长补短，盖玉徽之类

欤？"长卿诗的造诣，功力深而才气不发扬。因为功力深，故不免炼饰过度而流于纤丽；因为才气不发扬，故语气常枯窘。

由上面两派诗人的作品，可知这时期的诗歌，较第二时期的诗歌，有几点进步。第一，前时期王昌龄、王翰辈七绝的成功，是在边塞诗；这时期李益、刘禹锡辈七绝的成功，是在普遍的资料，描写的范围是扩张了。第二，前时期王维、孟浩然辈田园诗的成功，是在五律方面；这时期韦应物、柳宗元辈田园诗的成功，无论用绝句或律句、用五言或七言来描写，结果都是圆满的，形体的范围是扩张了。第三，前时期的七言律诗，就成功的一方面讲，只有杜甫；这时期的七言律诗，便特别地发展，如李嘉祐、刘长卿等的律诗，都有惊人的成功，这都是很显明的新进展。

新体诗的形体与描写发展到这时期，似已走到绝路，无可再进。似只有回到复古与模拟的路上去了，恰好这时又有一班新诗人起来，将渐趋暮气的中唐诗坛，转到新的趋向去，造成诗坛的两新派。这两派的创造者，一是白居易，一是韩愈。

前面那些诗人，都可算是贵族诗人，作品绝不是代表中唐纷乱时代的文学。虽然他们偶或对于社会国家，有几句伤心诗，但只是名士们说说风凉话罢了。真正可以说是时代文学，能代表当时社会背景的，便只有白居易一派的诗。以下分别研究。

（十二）白居易

白居易诗的最大成功，简单说起来，便是一方面扫除中唐诗渐趋典雅的风格，而用白话作诗，一方面又打破中唐诗吟风弄月的描写，而以社会痛苦的题材作为资料。如《重赋》《伤宅》《伤友》《妇人苦》《卖炭翁》《母别子》《新丰折臂翁》，都是白居易试用白话描写社会悲剧的成功作品。又如《和春深》诗：

何处春深好，春深贫贱家。
荒凉三径草，冷落四邻花。
奴困归佣力，妻愁出赁车。
途穷平路险，举足剧褒斜。

这种描写是很容易动人悲愤的。白居易的描写社会疾苦，往往缠绵悱恻，说到后面，越令人伤心，如《妇人苦》的"妾身重同穴，君意轻偕老"；《母别子》的"但愿将军重立功，更有新人胜于汝"；《伤宅》的"厨有臭败肉，库有贯朽钱"；《寒食野望吟》的"冥冥重泉哭不闻，潇潇暮雨人归去"，都觉沉痛之极。又如《卖炭翁》：

卖炭翁，伐薪烧炭南山中。

满面尘灰烟火色，两鬓苍苍十指黑。

卖炭得钱何所营？身上衣裳口中食。

可怜身上衣正单，心忧炭贱愿天寒。

夜来城外一尺雪，晓驾炭车辗冰辙。

牛困人饥日已高，市南门外泥中歇。

翩翩两骑来是谁？黄衣使者白衫儿。

手把文书口称敕，回车叱牛牵向北。

一车炭，千余斤，宫使驱将惜不得。

半匹红纱一丈绫，系向牛头充炭直。

这首诗和《新丰折臂翁》描写得一般沉痛。杜甫以后，到白居易才有这种描写。白居易自己评他这种诗"意激而言质"，是实在话。不过，居易诗亦有一种小缺点，却有爱发议论，减掉叙事诗客观的动人力。例如《伤宅》诗，说到"厨有臭败肉，库有贯朽钱"，已到最高点，接着他却说一段劝告议论的话来结束，以不违风人之旨，便坏了。但这亦无损于他的伟大，他那种大魄力的描写，如《长恨歌》《琵琶行》都是有永远价值的长篇杰作，所谓"大珠小珠落玉盘"，可算是居易诗最确切的评语。

（十三）元稹

稹与白居易同时，酬唱之作极多，作风亦颇相似，时人号称元白。他的《长庆集序》云："二十年间，禁省观寺邮候墙壁之上无不书，王公妾妇牛童马走之口无不道。至于缮写模勒，衒卖于市井，或持之以交酒茗者，处处皆是。"可想见其流传之广。稹的诗亦有气魄很大的，如《连昌宫辞》，洪容斋语，便说它的价值在白居易《长恨歌》之上。但由表现社会的痛苦方面看，元稹实不及白居易的成功。如他的《旱灾自咎，贻七县宰》：

> 臣稹苟有罪，胡不灾我身。
> 胡为旱一州，祸此千万人。

用这种官僚态度来描写平民痛苦，怎能深刻入微？他虽偶然有几句沉痛语，如

> ……
> 送夫之妇又行哭，哭声送死非送行。
> 夫远征，远征不必戍长城，出门便不知死生！（《夫远征》）

但是这样作品是很少的。他大部分的诗，都是追求享乐，如《会真诗三十韵》：
> ……
> 因游洛城北，偶向宋家东。

戏调初微拒，柔情已暗通。

低鬟蝉影动，回步玉尘蒙。

转面流花雪，登床抱绮丛。

鸳鸯交颈舞，翡翠合欢笼。

眉黛羞频聚，朱唇暖更融。

气清兰蕊馥，肤润玉肌丰。

无力慵移腕，多娇爱敛躬。

汗光珠点点，发乱绿松松。

方喜千年会，俄闻五夜穷。

留连时有限，缱绻意难终。

……

这是何等的妖艳！晚唐诗的纤丽，元稹已为先驱。这就是元、白不同之点。和元、白诗的风格接近的，尚有杨巨源、李绅、殷尧藩辈，都有相当的成就与地位。

同时和元、白的诗风，全然相反，舍弃一切平庸的描写，而造成特异的传奇作风的，便是韩愈、李贺、孟郊、贾岛、卢仝、刘义一派。

（十四）韩愈

韩愈是文章家而兼诗人。他的文章主复古；他的诗歌则主创新。叶燮云："韩愈为唐诗之一大变，其力大，其思雄，崛起特为鼻祖，宋之苏、梅、欧、王、黄，皆愈为之发端。"无论我们赞许或反对韩愈的诗，其创新的事实，是不能否认的。其诗如《石鼓歌》《此日足可惜》《寄卢仝》《醉留东野》《八月十五夜赠张功曹》，都是排空而来，气魄沉雄，不可向迩。且举两首《汴州乱》为例：

> 汴州城门朝不开，天狗堕地声如雷。
>
> 健儿争夸杀留后，连屋累栋烧成灰。
>
> 诸侯咫尺不能救，孤士何者自兴衰！
>
> 母从子走者为谁，大夫夫人留后儿。
>
> 昨日乘车骑大马，坐者起趋乘者下。
>
> 庙堂不肯用干戈，呜呼奈汝母子何！

韩愈的诗都是忽然说起，如天外飞来，在短篇里，仿佛有许多话要说，却又说不尽，忽然地收束。在长篇里，胡说乱道，越说越多，却越有话说。《瓯北诗话》云："昌黎本色，仍在文从字顺中，自然雄厚博大，不可捉摸；不专以奇险见长。"《艺概》云："昌黎诗往往以丑为美。"平心而论，"雄厚博大"与"以丑为美"，韩愈的诗实兼而有之。

（十五）李贺

这是一位很奇僻的诗人。虽是唐宗室，但家道中落了。他一生坎坷不遇，年仅二十七岁。才人命薄，在唐诗人中，要算他最堪悲悯了。他有《南园》诗：

> 寻章摘句老雕虫，晓月当帘挂玉弓。
> 不见年年辽海上，文章何处哭秋风。

最足以表现他的生活。他的诗没有一首不显示特殊风格：

> 黑云压城城欲摧，甲光向日金鳞开。
> 角声满天秋色里，塞上燕脂凝夜紫。
> 半卷红旗临易水，霜重鼓寒声不起。
> 报君黄金台上意，提携玉龙为君死。（《雁门太守行》）

> 琉璃钟，琥珀浓，小槽酒滴真珠红。
> 烹龙炮凤玉脂泣，罗屏绣幕围香风。
> 吹龙笛，击鼍鼓。皓齿歌，细腰舞。
> 况是青春日将暮，桃花乱落如红雨。
> 劝君终日酩酊醉，酒不到刘伶坟上土。（《将进酒》）

> 长卿牢落悲空舍，曼倩诙谐取自容。
> 见买若耶溪水剑，明朝归去事猿公。（《南园》）

　　李贺诗无论用一个小小的字眼，或是全篇的结构，一切都很离奇，全不像其他的诗人，亦不是韩愈那样的奇辟。他的作风，固然不能说是纤巧，不能说是曼艳；亦不能说是悲壮，不能说是雄浑，不能说是典雅。总之，一切从前美丽的评语，曾经用来赞美诗人的，没有一个评语适宜于李贺。无以名之，乃称为"鬼才"。传说李贺每天骑驴出游，从一小奚奴，背古锦囊。遇所得，书投囊中。大约李贺以特殊的性灵与情感，不因袭古人，而直接与自然相契合，由苦吟以得之，是以造成一种独立的、创造的新作风。

（十六）孟郊

　　孟郊是韩愈最赏识的诗人，与贾岛并称，但后人皆以为贾不及孟。《养一斋诗话》和《岘佣说诗》，都这样说。其诗中描写寒苦最工，有诗：

　　　　食荠肠亦苦，强歌声无欢。
　　　　出门即有碍，谁谓天地宽。（《赠别崔纯亮》）

非备尝寒苦生活者，实不能道。他的白话小诗也有很好的：

　　　　试妾与君泪，两处滴池水。
　　　　看取芙蓉花，今年为谁死。（《怨诗》）

欲别牵郎衣，郎今到何处？

不恨归来迟，莫向临邛去！（《古别离》）

望夫石，夫不来兮江水碧。

行人悠悠朝与暮，千年万年色如故。（《望夫石》）

孟郊的这种小诗，清新可读，已经不是韩愈、李贺那样的奇僻了。

（十七）贾岛

韩愈诗有云："孟郊死葬北邙山，从此风云得暂闲。天恐文章浑断绝，更生贾岛著人间。"可见贾岛诗的被人重视。岛诗大都苦而吟成，尝作"独行潭底影，数息树边身"，自谓"二句三年得，一吟双泪流。知音如不赏，归卧故山秋"。这可见其苦吟之深。贾岛的好诗，例如：

闲居少邻并，草径入荒园。

鸟宿池边树，僧敲月下门。

过桥分野色，移石动云根。

暂去还来此，幽期不负言。（《题李凝幽居》）

松下问童子，言师采药去。

只在此山中，云深不知处。（《寻隐者不遇》）

（十八）卢仝

卢仝亦是韩愈极赏识的人，但他的好诗很少，除一味怪僻以外，如《喜逢郑三游山》：

相逢之处花茸茸，石壁攒峰千万重。

他日期君何处好，寒流石上一株松。

绝句原属很平易的，这倒变成僻峭奇险了。他的代表作有《月蚀诗》《与马异结交诗》《有所思》《楼上女儿曲》等篇。比较近于平易的，如：

饥拾松花渴饮泉，偶从山后到山前。

阳坡软草厚如织，困与鹿麛相伴眠。（《山中》）

隶属于第三时期的诗人，尚有张仲素、皇甫冉、戎昱、李涉、刘方平、冷朝阳、严维、姚合、刘义等，都是负有名气的作家，今不细说了。

第八讲

唐诗的第四时期——晚唐

（开成初至天佑三年，凡七十余年）

　　唐诗经盛唐、中唐长时期的尽量发展，到白居易，乃一变为通俗的作风。韩愈又一变为奇险。到第四时期的唐诗坛，便全为唯美主义所支配。技巧和工丽，乃成晚唐诗人的信条。叶燮云："论者谓晚唐之诗，其音衰飒。然衰飒之论，晚唐不辞；若以衰飒为贬，晚唐不受也。……盛唐之诗，春花也，桃李之秾华，牡丹芍药之妍艳，其品华美贵重，略无寒瘦俭薄之态，固足美也。晚唐之诗，秋花也，江上之芙蓉，篱边之丛菊，极幽艳晚香之韵，可不为美乎？"这实在是很难得的精辟见解。我们至少应该承认技巧与工丽，是晚唐诗的最大进步。

（一）张籍和王建

　　在未叙述这时期的诗歌之先，应该提及两个对于晚唐诗关系最深的诗人，便是张籍和王建。他俩虽是中唐诗人，实启晚唐的诗风。我们都知道张籍和韩愈是朋友，但张籍的作风，却全无韩愈一派的怪癖，又非白居易一派的通俗，他是以乐府诗著名的。他的乐府却并不是古意，而是一种新声。姚合《赠张籍》云："绝妙《江南曲》，凄凉怨女诗。古风无手放，新语是人知。"寓新语于古风，是籍诗的特色，如《节妇吟》：

> 君知妾有夫，赠妾双明珠。
>
> 感君缠绵意，系在红罗襦。
>
> 妾家高楼连苑起，良人执戟明光里。
>
> 知君用心如日月，事夫誓拟同生死。
>
> 还君明珠双泪垂，何不相逢未嫁时！

在张籍的新体诗里面，更有一种活泼气象，如《春别曲》《春堤曲》《宫词》等，没有了高旷的意境，却更加妩媚，更加有情韵。王建是以《宫词》得名的，他的这种诗格已失却中唐诗的情调，显是晚唐诗风的开端。例如：

> 万里桥边女校书，枇杷花下闭门居。
>
> 扫眉才子如今少，管领春风总不如。（《寄蜀中薛涛校书》）

这已不是李益、刘禹锡等的诗风，而是晚唐杜牧、李商隐等的先驱。原来韩愈和白居易的特殊奇僻和浅易的诗格，已将中唐诗送到绝境，所以他们一派的诗都是及身而衰。同时代的张籍、王建，即已矫正奇僻和浅易的诗风。到晚唐便进一步，而采用极端的唯美主义了。

（二）杜牧和李商隐

晚唐诗最值得赞美的，是七言绝诗。王世懋《艺圃撷余》云："晚唐诗萎尔无足言，独七言绝句脍炙人口，其妙至欲胜盛唐。"在卑视晚唐诗者的言论中，居然赞许晚唐的七绝，可见晚唐七绝是怎样的成功了。

杜牧和李商隐是晚唐七绝的两位最大作家。

杜牧对于诗崇尚李、杜，而谓元、白为"纤艳不逞"。其实杜牧诗虽拟于杜甫，然其冶荡实甚于元、白，如《张好好诗》及《遣怀》诗中的"十年一觉扬州梦，赢得青楼薄幸名"。元、白还没有这样风流的诗。杜牧的行为很不自检束，大约他作诗的成功，或者就是由于此。例如：

青山隐隐水迢迢，秋尽江南草未凋。

二十四桥明月夜，玉人何处教吹箫？（《寄扬州韩绰判官》）

折戟沉沙铁未销，自将磨洗认前朝。

东风不与周郎便，铜雀春深锁二乔。（《赤壁》）

烟笼寒水月笼沙，夜泊秦淮近酒家。

商女不知亡国恨，隔江犹唱后庭花。（《泊秦淮》）

千里莺啼绿映红，水村山郭酒旗风。

南朝四百八十寺，多少楼台烟雨中？（《江南春》）

李商隐的七绝，都是注重于"技巧"与"工丽"方面。例如：

非关宋玉有微辞，却是襄王梦觉迟。

一自高唐赋成后，楚天云雨尽堪疑。（《有感》）

为有云屏无限娇，凤城寒尽怕春宵。

无端嫁得金龟婿，辜负香衾事早朝。（《为有》）

一笑相倾国便亡，何劳荆棘始堪伤。

小怜玉体横陈夜，已报周师入晋阳。

巧笑知堪敌万几，倾城最在著戎衣。

晋阳已陷休回顾，更请君王猎一围。（《北齐》）

商隐不仅以七绝胜，律诗造诣亦深。这是杜牧不及商隐之处。但他的律诗往往因修饰过度，失掉自然的美，甚至变成晦涩难懂。如《锦瑟》诗：

锦瑟无端五十弦，一弦一柱思华年。

庄生晓梦迷蝴蝶，望帝春心托杜鹃。

沧海月明珠有泪，蓝田日暖玉生烟。

此情可待成追忆，只是当时已惘然！

元好问评云："诗家总爱西昆好，只恨无人作郑笺。"语虽刻薄，要亦写实。王安石谓李商隐为得老杜藩篱唯一的诗人（《蔡宽夫诗话引》）；许彦周则称其近体诗："字字锻炼，用事婉约。"（《彦周诗话》）叶燮云："李商隐七绝，寄托深而措辞婉，实可空百代，无其匹也。"（《原诗》）虽然这种议论，未免过分，然李商隐不能不算是晚唐第一大诗人。

诗名略次于李商隐的晚唐诗人，有司空图、皮日休、韩偓、张祜、许浑、李群玉、陆龟蒙、罗隐、李频、温庭筠、韦庄等。

司空图学诗于张籍，其七绝颇自负。皮日休的诗无甚特色。韩偓的诗颇好。如：

雨后碧苔院，霜来红叶楼。

闲阶上斜日，鹦鹉伴人愁。（《效崔国辅体》）

清韵可诵。《四库全书提要》称其"诗虽局于风气，浑厚不及前人，而忠愤之气，时时溢于语外。性情既挚，风骨自遒，慷慨激昂，迥异当时靡靡之响"。

张祜诗以"故国三千里，深宫二十年。一声何满子，双泪落君前"，最负盛名。祜的好诗很多，如《金殿乐》《戎浑》《莫愁乐》《苏小小歌》等都是。今再举一首《长门怨》作例：

日映宫墙柳色寒，笙歌遥指碧云端。
珠铅滴尽无心语，强把花枝冷笑看。

许浑七绝有极佳者，如《谢亭送别》：

劳歌一曲解行舟，红叶青山水急流。
日暮酒醒人已远，满天风雨下西楼。

这样的杰作，不仅在他集中绝少，在晚唐亦属稀罕。他的七律亦佳。

李群玉为人放诞风流，其诗亦然，如《湘妃庙》《赠妓人》《宿巫山庙》《戏赠魏十四》都是很曼艳的，其《黄陵庙》云：

小姑洲北浦云边，二女啼妆共俨然。
野庙向江春寂寂，古碑无字草芊芊。
风回日暮吹芳芷，月落山深哭杜鹃。
犹似含颦望巡狩，九疑如黛隔湘川。

陆龟蒙亦以七绝胜，其《冬柳》诗云：

柳汀斜对野人窗，零落衰条傍晓江。
正是霜风飘断处，寒鸥惊起一双双。

颇具幽逸之致，为晚唐诸诗人所不及。

罗隐诗以讽刺为主，其七绝如《题新榜》云：

黄土原边狡兔肥，犬如流电马如飞。
灞陵老将无功业，犹忆当时夜猎归。

颇有悲壮之气。

李频亦以七绝胜，如《吴门别主人》：

早晚更看吴苑月，小斋长忆落西窗。
不知明夜谁家见，应照离人隔楚江。

温庭筠诗名与李商隐同，但他的诗实远不如李商隐。这时词已兴起，大家都向这种新文体努力去了。如温庭筠、韦庄便是尽力于填词而很成功的。到晚唐时，唐诗发展到极处，亦就是发展到绝处。稍有才气的文人，便转向词的方面，去求新创造、新发展了。

唐灭亡时，新体诗发展力已尽，亦跟随灭亡了。

第九讲

唐代妇女的诗

　　唐朝君主竭力奖励诗人，并以诗赋试进士，于是造成唐代贵族诗人的发达。因为唐代的新体诗能够入乐，歌伎能唱，因此秦楼楚馆，笙歌作乐，莫非当时的诗人名篇。而一般诗人为适应这种情形起见，乃易其古典的诗而为浅近的诗。一般伶人妓女，因能了解歌诗内容和接近诗人之故，自然很易学作浅易的诗。这种风气，渐向民间发展，于是平民都熏染这种风气，而能作诗。甚至于僧侣道士，贩夫走卒，都能作诗了。因此，唐诗已经不是贵族诗人的专利品，渐从上层阶级发展到下层阶级去了。

　　我们读过上面那些诗人的诗，往往觉得总是古典气太重，贵族气太重，他们虽力求通俗化，但总不能完全自然，不能表现最强烈的平民意识，不能表现最活跃的女性心理。李白、王昌龄、张籍的闺情宫怨，无论怎样写得真切活跃，总不如真正平民妇女们的作品，能够使人读了有更真挚而深刻的感动。这因为作者自己心里发出的实感，是贵族诗人所没有的。

　　在本章里，专门叙述唐代妇女所作的诗。为便利起见，分作四类。

（一）宫人的诗；

（二）闺人的诗；

（三）诗人的诗；

（四）妓女的诗。

（一）宫人的诗

在唐宫里，武、韦二后都很嗜好文学，而提倡文学亦最力。但她们的诗，往往是他人代作，并非自制，故无足述。江妃因失宠，贬入冷宫，有一首极哀伤的《谢赐珍珠》诗：

桂叶双眉久不描，残妆和泪污红绡。

长门尽日无梳洗，何必珍珠慰寂寥！

这样的宫怨诗，在宫人里，颇属不少。《全唐诗话》载："开元中赐边军纩衣，制自宫人。有兵士于袍中得诗曰：

沙场征戍客，寒苦若为眠。

战袍经手作，知落阿谁边？

蓄意多添线，含情更著绵。

今生已过也，重结后生缘。

兵士以诗白帅，帅上之朝，明皇以诗遍示六宫曰：'作者勿隐，不
汝罪也。'有一宫人，自言万死。上深悯之，遂以嫁得诗者。谓
曰：'吾与汝结今生缘。'边人感泣！"

僖宗宫人亦有一首同样的诗：

> 玉烛制袍夜，金刀呵手裁。
> 锁寄千里客，锁心终不开！（《金锁诗》）

此外最足以表现宫怨的便是红叶题诗。关于红叶题诗，唐宫人
里有三段有趣的故事。

天宝末，洛苑宫娥题诗梧叶，其诗云：

> 旧宠悲秋扇，新恩寄早春。
> 聊题一片叶，将寄接流人。

随御沟流出。顾况见之，亦题诗叶上，泛于波中。后十余日，于叶
上又得诗一首。后闻于朝，遂得遣出。

贞元中，进士贾全虚于御沟得一花叶，上有诗句。其诗云：

> 一入深宫里，无由得见春。
> 题诗花叶上，寄与接流人。

悲想其人，徘徊沟上，为街吏所获。金吾奏其事。德宗询之，知为凤儿所作。因召全虚，授金吾卫兵曹，遂以妻之。

卢偓应举时，偶临御沟，得一红叶，上有绝句，置于巾箱。其诗云：

> 流水何太急，深宫尽日闲。
>
> 殷勤谢红叶，好去到人间。

及出宫人，偓得韩氏，睹红叶，吁嗟久之，曰：当时偶题，不谓郎君得之。

以上举例悉见《全唐诗》。

这几首诗的内容和背景，大致相同，可见她们感受同样的哀伤。不过，既入宫门，必须借制征衣和红叶题诗，始能将哀怨传出，其余不能传到外面而湮没的诗，更不知多少了。

（二）闺人的诗

闺人的诗以闺怨为多。昔时妇女，不以玩弄文墨为美事。必至积哀聚怨，情不能自已，始宣泄出来。例如薛媛的《赠故人》：

> 昔别容如玉，今来鬓若丝。
>
> 泪痕应共见，肠断阿谁知。

陈玉兰的《寄夫》：

夫戍边关妾在吴，西风吹妾妾忧夫。

一行书信千行泪，寒到君边衣到无？

描写闺怨最特别的是崔氏的《述怀》，朴实而有情趣：

不怨卢郎年纪大，不怨卢郎官职卑。

自恨妾身生较晚，不及卢郎年少时。

崔氏女莺莺，工诗，其赠张生数诗云：

待月西厢下，迎风户半开。

拂墙花影动，疑是玉人来。（《答张生》）

自从消瘦减容光，万转千回懒下床。

不为旁人羞不起，为郎憔悴却羞郎。（《寄诗》）

弃置今何道，当时且自亲。

还将旧来意，怜取眼前人。（《告绝诗》）

前者曼艳，后者凄绝。同时，又有张窈窕与刘媛，虽非宫娥，善作宫怨。窈窕的《寄故人》：

淡淡春风花落时，不堪愁望更相思。
无金可买长门赋，有恨空吟团扇诗。

刘媛的《长门怨》：

学画蛾眉独出群，当时人道便承恩。
经年不见君王面，花落黄昏空掩门。

唐代妇女的诗，最大缺点在无高旷的境界，易流于浅俗。然偶有不犯此病的，例如湘驿女子《题玉泉溪》诗云：

红叶醉秋色，碧溪弹夜弦。
佳期不可再，风雨杳如年。

（三）诗人的诗

在许多唐代妇女作者中，能够树立独特作风，而被称为诗人的，只有鱼玄机和薛涛。

鱼玄机初为李亿妾，以色衰爱弛，流为女冠，故其诗多愁怨。所吟"易求无价宝，难得有心郎。枕上潜垂泪，花间暗断肠"是何等的哀怨。诗如：

翠色连荒岸，烟姿入远楼。
影铺秋水面，花落钓人头。
根老藏鱼窟，枝低系客舟。
萧萧风雨夜，惊梦复添愁。（《赋得江边柳》）

大江横抱武昌斜，鹦鹉洲前户万家。
画舸春眠朝未足，梦为蝴蝶也寻花。（《江行》）

无限荷香染暑衣，阮郎何处弄船归。
自惭不及鸳鸯侣，犹得双双近钓矶。（《闻李端公垂钓回寄赠》）

在唐代女诗人中，鱼玄机的境遇是最堪悲悯的。她的诗仅一卷，但没有一首不可读的。

但是，单就诗的成就说，鱼玄机还不及薛涛。

薛涛以良家子沦为歌妓，受知于当道，出入幕府，历事十一镇。晚年居浣花溪畔，著女冠服，制松花小笺，以应酬唱。她的生活，可以说是艺术化。她的诗的造诣，不在内容的完成，而在技巧的熟练。只有《罚赴边有怀上韦令公二首》是描写边疆生活之苦，在薛涛诗中颇具特殊的风味：

闻道边城苦，今来到始知。
羞将门下曲，唱与陇头儿。

黠虏犹违命，烽烟直北愁。
却教严谴妾，不敢向松州。

薛涛与当代名人文士酬唱极多，尤其是刘宾客、白居易、元稹等，大约薛涛很受他们的影响，其作风完全成诗人的作风。如：

水国蒹葭夜有霜，月寒山色共苍苍。
谁言千里自今夕，离梦杳如关塞长。（《送友人》）

公子翩翩说校书，玉弓金勒紫绡裾。
玄成莫便骄名誉，文采风流定不如。（《赠段校书》）

虽然薛涛的诗表现技巧的成功，但失却一般妓女们作诗那种爽直的表情，不能不说是薛涛诗的一种大损失。

（四）妓女的诗

妓女诗的特色，是在有最丰富的情感，而很爽直地表现出来，要怎样说便怎样说，绝不曲折转弯，如六朝时代的歌谣一样。例如越州妓刘采春的《啰唝曲》：

不喜秦淮水，生憎江上船。
载儿夫婿去，经岁又经年。

莫作商人妇，金钗当卜钱。
朝朝江口望，错认几人船。

那年离别日，只道住桐庐。
桐庐人不见，今得广州书。

在唐人诗里面，实在不容易找着这样直爽的情诗。如徐州妓关盼盼，空守燕子楼十余年，终于殉情而死，但她的诗已经没有那般爽快的表情了：

北邙松柏锁愁烟，燕子楼中思悄然。
自埋剑履歌尘散，红袖香销已十年。（《燕子楼》）

有武昌妓者，亦能诗，其《续韦蟾句》云：

悲莫悲兮生别离，登山临水送将归。
武昌无限新栽柳，不见杨花扑面飞！

信口道出，宛若天然，亦唐妓诗中的佳者。此外如襄阳妓、太原妓、平康妓、莲花妓、徐月英、常浩、王福娘均有诗名。虽她们留传的诗，不顶值得称赞，但我们想象得到，在唐代妓女中，一定还有不少的好诗失传了，这是很可惜的。